町奉行内与力奮闘記一

立身の陰

上 田 秀 人

町奉行内与力奮闘記一

立身の陰

目次

●江戸幕府の職制における大坂町奉行の位置

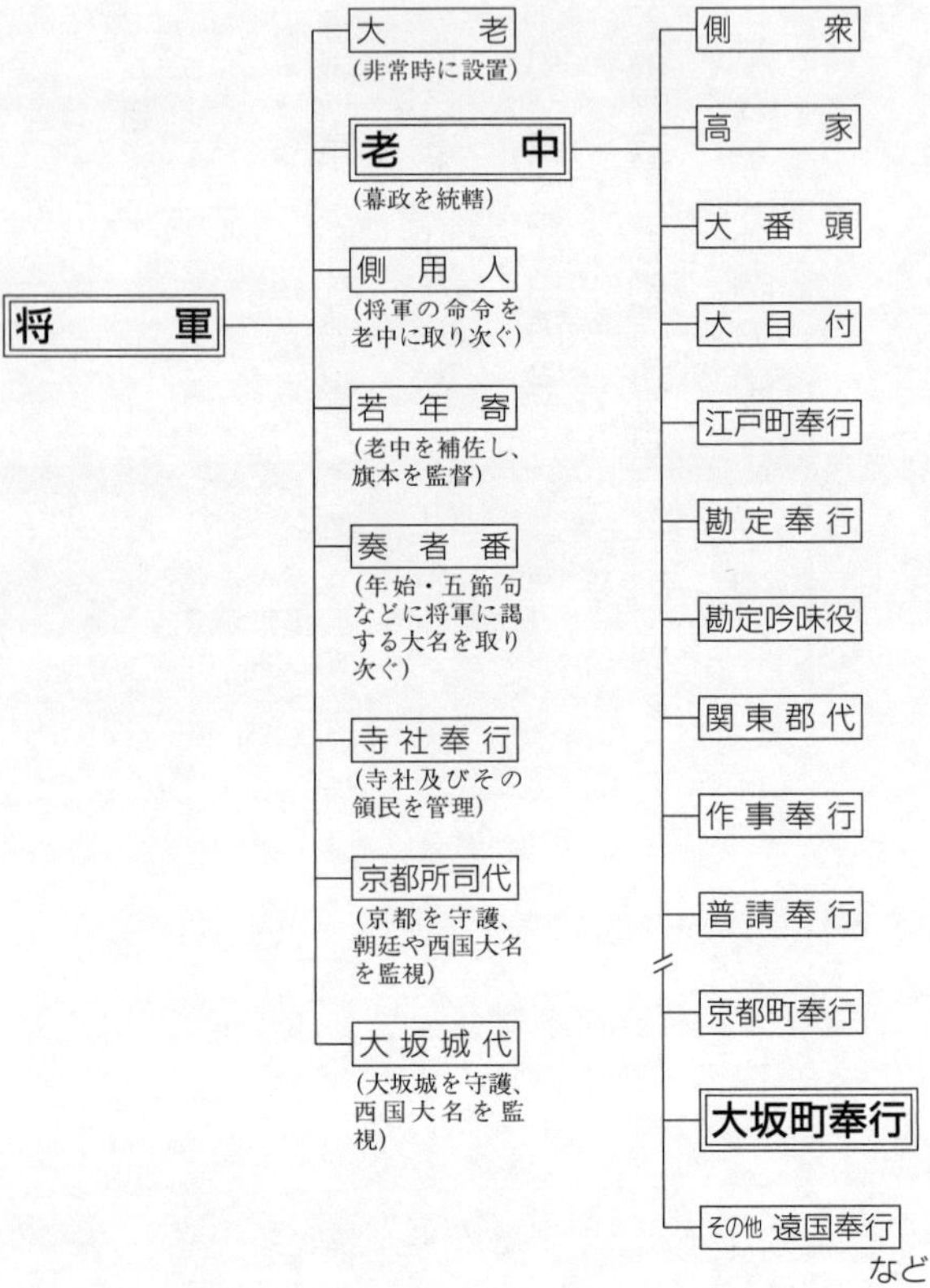

※大坂という町の特殊性に対する理解が必要なため、
大坂町奉行を無事に務めることは非常に難しい。

●町奉行内与力は究極の板挟みの苦労を味わう役職！（大坂編）

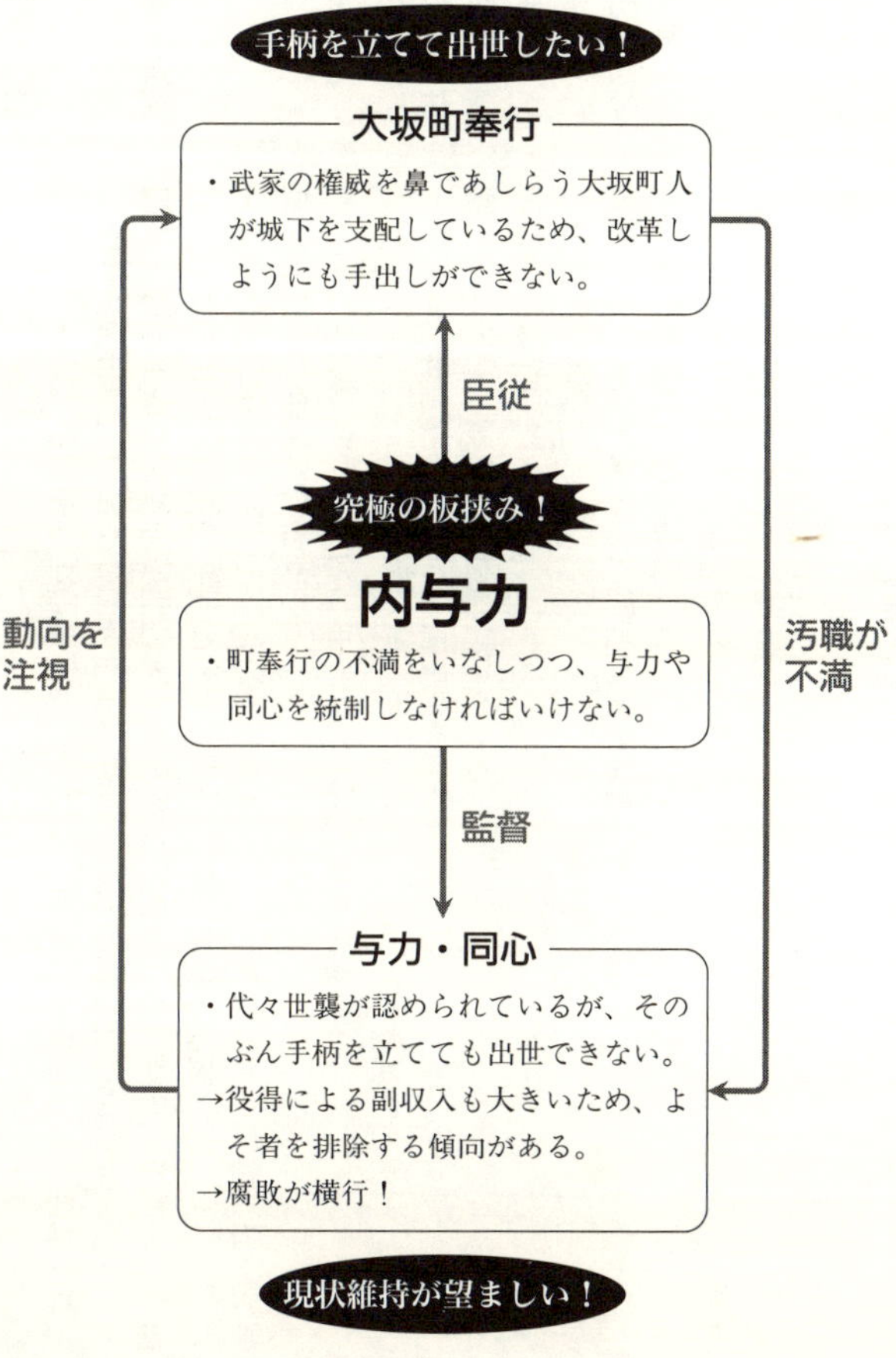

【主要登場人物】

城見亨 本書の主人公。曲淵甲斐守の家臣。二十四歳と若輩ながら内与力に任ぜられ、忠義と正義の狭間で揺れる日々を過ごす。一刀流の遣い手でもある。

曲淵甲斐守景漸 四十一歳の若さで難物と評判の大坂西町奉行に任ぜられた能吏。厳格なだけでなく柔軟にものごとに対応できるが、そのぶん出世欲も旺盛。

西咲江 大坂西町奉行所諸色方同心西二之介の長女。歯に衣着せぬ発言が魅力の上方娘。

萩 城見家に長く仕えている女中。

城見桂右衛門 亨の父。曲淵甲斐守の懐刀。用人として江戸屋敷を預かる。

西海屋得兵衛 咲江の祖父。江戸にも出店を持つほど繁盛している海産物問屋の主。

松平和泉守乗祐 大坂城代。曲淵甲斐守とともに出世を目指す。

備中屋次郎右衛門 回船問屋の主。近年勢力を拡大している。

須藤健三郎 大坂西町奉行所立入与力*。

中村一米 大坂西町奉行所同心。

松平周防守康福 老中。譜代名門大名として順調な出世を重ねている。

左中居作吾 江戸北町奉行所年番方与力*。

竹林一栄 江戸北町奉行所吟味方筆頭与力*。

*立入与力 大坂城代のもとへ出入りして直接その用を承り、筆頭与力として奉行所の役人たちを纏める。
*年番方与力 奉行所内の実務全般を取り仕切る。
*吟味方与力 白州に出される前の罪人の取り調べなどを担当する。

第一章　商都の風景

一

　二十五日は大坂の町がもっとも賑《にぎ》わう。商家にとって大切な日、売掛金の集金がおこなわれるからであった。

　これは大坂独特の商習慣で、毎月の五日、十日、十五日、二十日、二十五日、三十日を商いの締めとし、売り掛けの決済をした。そのなかで二十五日が重要とされたのは、小の月だと二十九日、大の月だと三十一日と、三十日が月末とは限らないため、二十五日を月締めとする商家が多かったからであった。

　月締めで売掛金を集めると、当然商家に大金が入る。金があるところには盗賊が寄る。

二十五日の夜は大坂中の商家が夜通し緊張する日でもあった。

「そろそろ、よろしおますやろ」

見回りに同行している大坂西町奉行所同心《どうしん》の中村一米《いちべえ》が、城見亭《しろみとおる》に気怠《けだる》そうな声をかけた。

「いや、まだ夜は明けておりませぬぞ」

亭が首を左右に振った。

「もう来まへんって」

中村一米が手を振った。

「いや、人は明け方にもっとも深い眠りに入る。腕のいい盗賊は、そのころを狙う」

周囲へ気を配りながら、亭は主張した。

「別に金盗られたかて、和泉《いずみ》屋ほどの身代《しんだい》となれば、びくともしまへん。千両や二千両、主《あるじ》の小遣いっちゅう大店《おおだな》でんがな」

中村一米があくびをした。

「金の問題ではござらぬ。城下で盗賊の被害が出ては、大坂西町奉行を承っている主君曲淵甲斐守《まがりぶちかいのかみ》さまの名前に傷が付きましょう」

亨が中村一米へ強く言った。

「誰も気にしまへん。大坂の商人は町奉行所を頼ってませんよって。和泉屋も独自で用心棒を抱えてまっせ。盗賊が来たら返り討ちでんな」

中村一米が述べた。

「それこそよろしくございますまい。用心棒は浪人、つまりは庶民でございましょう」

主君を持たない浪人は、庶民でしかない。両刀を腰に差しているのは、幕府によるお目こぼしなのだ。その庶民が身を守るためとはいえ、盗賊を斬るのは、法度《はっと》に照らしあわせてみれば反している。

「用心棒が盗賊を迎え撃つのを町奉行所が黙認するわけにはいきませぬ」

「お堅いこって」

正論を口にする亨に、中村一米があきれた。

「……中村さん」

亨の声が変わった。

「そないにまめに来んでもええもんを」

口調は軽いままだが、中村一米の雰囲気も重くなった。

「六人か」

「いや、屋根の上に二人。八人」

亨の確認に、中村一米が指を二本足した。

「こっちは小者入れて五人……ちときつうございまっせ」

冷静に中村一米が述べた。

「和泉屋の用心棒は何人おりましょう」

近づいてくる連中から目を離さず、亨が訊《き》いた。

「最前は、用心棒に盗賊の相手をさせるわけにはいかへんと言われたような」

「町奉行所が居合わせた町人に手伝いを命じることは、ままござる」

皮肉を言った中村一米に亨が応えた。

「ほんま、ええ性格してはりまんな」

中村一米があきれた。

「おっと和泉屋の用心棒のことでしたな。四人で、やっとうは結構使えるという話ですわ」

中村一米が答えた。

「さすがは中村さん。よくご存じだ」

「立ち入り先ではおまへんけどな」

感心した亨に、中村一米が苦笑した。

立ち入り先とは、町奉行所へ付け届けをしてくれている商家などのことだ。これが武家になると館入り先と字が変わった。

「和泉屋は立ち入りをしてくれへん、吝嗇《けち》な家や」

「それで、あまりやる気がなかった……」

今度は亨があきれた。

「当たり前でんがな。金をくれる人とくれへん奴《やつ》。同じ扱いにしたら、金に失礼ですやろ」

ぬけぬけと中村一米が宣した。

「…………」

亨が黙った。

「そろそろ表戸を蹴破りまっせ」

様子を見ていた小者が報《しら》せた。

「戸が破られたら、用心棒が応戦するはず。そのとき、後から行きましょう」

「けっこうで」

中村一米が首肯した。

「おうりゃあ」

「こいつめ」

和泉屋の店先で騒動が始まった。

「行きます」

亨が飛び出した。

「西町奉行所である。神妙にいたせ」

刀を抜きながら、亨は大声を出した。

「町方《まちかた》か。面倒なことや」

盗賊の頭分《かしらぶん》が、嘆息した。

「権左、竹、以兵衛、町方を押さえ。伊波はん、西野はん、用心棒はどうにかなりそうでっか」

頭分が指示を出した。

「へい」

三人の子分が、亨たちに向かい、

「ちと手強《てごわ》いな」

浪人が首を左右に振った。

「しゃあないな。今回は引きましょうや」

頭分があっさりと見極めた。

「おうりゃあ」

用心棒が気合いとともに一閃《いっせん》した。

「雇い主への誇示か。働きましたよと見せつけねばならぬとは、飼い犬はきついな」

伊波と呼ばれた浪人が、用心棒をあしらいながら嘲弄《ちょうろう》した。

「黙れ、盗賊に落ちた者に言われる筋合いはない」

用心棒が言い返した。

「たしかにな……やあ」

苦笑しながら伊波が刀を振った。

用心棒が、後ろへ跳んでかわした。

「なんの」

「西野」

「ああ」

和泉屋に入りこんでいた二人の浪人が、間合いの空いた隙に背を向けた。

「逃げるぞ」

頭分はすでに逃げ出していた。

「遅れるな」

三人の子分も下がろうとした。

「させるかいな。このまま逃がしたら、さすがに怒られるわ」

中村一米が追い、太刀《たち》を振るった。

「ぎゃっ」

背を打たれた配下が一人崩れた。

「行かさぬ」

中村一米の見事な働きを横目で見ながら、亨も踏みこんだ。

「りゃあ」

峰を返した太刀を左から右へと薙《な》ぐ。

「ぐへっ」

左脇腹に太刀を受けた配下が倒れた。

「権左、竹」

残った一人が悲鳴のような声を出した。

「かまうな。今は逃げることだけ考えろ」

遠くから頭分が叫んだ。

「置いていくぞ」

伊波も走り去っていた。

「ま、待ってくれ」

足を止めた以兵衛が慌てた。

「行かさぬわ」

その後に亨が追いすがろうとした。

「あきまへん」

中村一米が、亨を抑えた。

「なぜだ……うわっ」

振り切ろうとした亨の目に、陰が映った。あわてて身体《からだ》をひねった。

「……瓦《かわら》」

亨の足下で瓦が割れていた。

「上か」

「逃亡の援護でっせ。屋根の上から瓦を投げてきよる。当たれば怪我《けが》は避けられまへん。頭に受けて死んだ小者もおりまんねん」

中村一米が説明した。

「相手は屋根の上や。こっちから反撃はでけへん。そのうえ、投げる瓦はいくらでもある。さらに逃げ出すのも屋根の上やったら容易。屋根をこえて向こうへ行かれたらそれまで。こっちは敷地を大回りせんならん。裏へ着いたときには、もう影もおまへん」

「むううう」

亨が歯がみした。

「二人捕まえただけで、辛抱しなはれ」

中村一米が宥《なだ》めた。

当初大坂城京橋口内にあった東西両大坂町奉行所だったが、享保《きようほう》九年（一七二四）、大坂中を灰燼《かいじん》に帰した大火で焼失、東町奉行所はそのまま京橋口に再建されたが、西町奉行所は本町橋東詰《ほんまちばしひがしづめ》に移転した。

町奉行所の総敷地はおよそ三千坪、白州を持つ奉行所の公邸と、奉行が生活をする私邸からなった。敷地の東側に公邸、南西に私邸という配置であった。

「ご苦労であったな」

奉行所に戻った亨を大坂西町奉行曲淵甲斐守景漸《かげつく》が慰労した。

曲淵甲斐守は千六百五十石の旗本である。兄の死を受けて家督を継ぎ、小姓番《こしようばん》、小十人組頭《こじゆうにんくみがしら》、目付《めつけ》を歴任し、四十一歳の若さで難物と評判の大坂町奉行所に転じた。前任の興津能登守忠通が大坂西町奉行として失策を犯し、更迭された後を受けての抜擢《ばつてき》であった。

大坂町奉行が難しい役と言われるのは武家の権威など鼻であしらう町人が、城下を支配しているからであった。

どこの大名も旗本も手元不如意になり、商人から金を借りてようやく体面を保っている明和《めいわ》の世である。うかつに手出しをすると、どこからどう回って咎《とが》めがやってくるかわからない。商人のなかには老中に金を貸している者もいる。

大坂町奉行を勤めあげて、長崎奉行や普請奉行へ出世していく者もあるが、金の力に負けて改易《かいえき》されたり、罪を得て小普請に落とされたりする者も多い。

そんな大坂町奉行を四年にわたってこなしてきた曲淵甲斐守は、厳格なだけではなく、柔軟にものごとに対応できる能吏であった。

「盗賊を防ぎ、手下二人を捕まえたと聞いた」

「頭分を逃がしてしまいました。まことにもって申しわけございませぬ」

亭が詫びた。

「被害が出なかっただけでも手柄である。その手下から頭分を探り出すこともできよう」

曲淵甲斐守が慰めた。

「しかし……いえ」

言いかけた亨が引いた。

「気に入らぬかの」

曲淵甲斐守が見抜いていた。

「昨日一緒しました中村一米も、見回りするより屋敷で寝ていたいと申すありさま。いえ、まだ中村は、文句を言いながらも出務するだけましなほうでございまする。病じゃ、腰が痛いなどと申して、ほとんどの同心が見回りを嫌がっておりまする」

強い不満を亨はあらわにした。

「そう怒るでないわ」

曲淵甲斐守が嘆息した。

「そなたは、今年江戸から来たばかりゆえ、まだ大坂の水に馴染《なじ》んでおらぬから、腹立たしいだけじゃ」

「ですが……」

反論を続けようとした亨が口を閉じた。

「郷に入っては郷に従えと言う」

表情を変えた曲淵甲斐守が続けた。

「ここは大坂じゃ。江戸とは違う。江戸のやり方はここでは通じぬ」

曲淵甲斐守が告げた。

「江戸は武家の町じゃ。武家は見栄を張らねばならぬ。実よりも名じゃ。対して大坂は金の町じゃ。金を持っている者が強い。名前ではなく実の町である。江戸と大坂は正反対と言える。江戸のやり方を大坂に押しつけてもうまくは回らぬ」

「…………」

亨は黙った。

「町奉行という役目は、武家が相手ではない。町屋の者たちを治めるのが役目。上から押さえつけるだけでは、務まらぬ」

曲淵甲斐守が続けた。

「押さえつけて言うことを聞かせるだけでは、民は納得せぬ。した振りだけだ。多少の融通を認めてやらねばならぬ。それが政《まつりごと》というものである」

若い亨を曲淵甲斐守が諭した。

「気に入らぬか」

口を尖らせている亨に曲淵甲斐守が笑った。

「まあよかろう。下がって休め。今日は役目をせずともよい」

曲淵甲斐守が述べた。

「ごめんを」

亨が手をついた。

二

町奉行所の与力《よりき》、同心には組屋敷があった。大坂城の東、天満《てんま》川をこえたあたりで、与力町、同心町と呼ばれていた。

ただここは、町奉行所に付属している世襲の与力、同心の組屋敷であって、町奉行の家臣たちの住まいではなかった。

江戸から赴任してきた町奉行に供してきた家来たちの屋敷は、町奉行役宅の壁に沿って造られた長屋であった。

そのなかでも城見亨に与えられた長屋は、大きなものであった。

「おかえりなさいませ」

帰った亨を女中の萩《はぎ》が出迎えた。

「まずはお風呂にお入りなされませ」

萩が亨の後ろに回って羽織を脱がせた。

「疲れたで、まずは寝る」

亨が入浴を拒んだ。

「なりませぬ。そのまま夜着にくるまられては、夜着が汚れまする。綿の入った夜着を洗うのは手間でございまする」

萩が亨の前に立ちふさがった。

「……わかった」

亨が折れた。

萩は城見家に長く仕える女中である。それこそ亨が生まれたときから奉公している。母を早くに亡くした亨に乳こそ与えなかったが、お襁褓《しめ》を替え、添い寝をしてくれた。江戸にいる父親の桂右衛門《けいえもん》と並んで、亨が頭のあがらない相手であった。

「ふうう」

江戸は八百八町と言い、その繁華を誇る。そして大坂は八百八橋と言われるほど水が豊富である。

大坂の風呂は江戸と違い、蒸し風呂ではなく、湯船であった。もっとも狭い長屋の風呂である。膝を抱えて入らねばならぬほど小さなものであったが、それでも身体のほぐれ具合は違った。

「こちらに来て、唯一よかったのが、風呂だけだな」

湯船に浸かりながら、亨が愚痴をこぼした。

「父もう少し大坂でがんばってくだされればよかったものを」

亨が文句を言った。

「なにを仰せられますか」

風呂の外から萩の声がした。

「大旦那さまは、江戸のお屋敷をお預かりなさっておられるのでございまする」

「わかっておるわ」

叱られた亨がふてくされた。

亨の父桂右衛門は、曲淵甲斐守の懐刀《ふところがたな》と呼ばれていた。当初、曲淵甲斐守に付いて大坂へ赴任、大坂西町奉行所取次をしていた。だが、江戸屋敷を預かっていた用人が急死、その後任として江戸へ戻り、代わって嫡男の亨が大坂へ来た。

大坂町奉行所の取次は、内与力とも呼ばれていた。これは、取次の職掌と職権を明らかにする意味と、江戸町奉行所では同役が内与力と称されていたことによる。

「大坂はお嫌でございますか」

釜に焚《た》き付けをくべながら、萩が訊いた。

「嫌いだ。武士に気概がない。商人の態度がでかい。女がやかましい。醬油《しょうゆ》が薄い。なにもかも嫌いだ」

亨が吐き出した。

「武士に気概がないのは、江戸も同じでございましょう。刀が重いと言われるお方がどれほどおられるか」

「それは……」

「江戸でも商人の態度は大きゅうございましょう。女はわたくしも女でございますので、なにも申しませんが、大坂のお人のほうが、裏がなくて好ましゅう存じまする」

萩が続けた。

「西《にし》どのの娘御のことか」

苦い顔を亨がした。

「はい。良いお方だと思いまする」

「…………」

亨が黙った。

「大坂は江戸となにもかも違いまする。人というものは慣れぬものを拒むもの。とはいえ、それは長年馴染んできた土地柄を懐かしむことから出ているだけでございまする。なにか一つお気に入るものができれば、また見る目も変わりましょう」

「変わらぬ。何年経《た》とうとも、吾《われ》が大坂を気に入ることなどないわ」

萩の言いぶんに、亨は反発した。

内与力は、町奉行に赴任した旗本の家臣から五名ほどが任じられるものである。町奉行と奉行所役人たちの仲立ちをしたり、多忙な主に代わって、話を聞いたりした。

三名ほどが町奉行所の内政を、二名が捕り方を担当した。

亨はその捕り方の内与力であった。父は内政担当であったが、年若く経験の浅い亨には、大坂の町の治安、消防、商業、運上などを管轄する内政方内与力は務まらないとして、捕り方内与力に任じられた。

捕り方内与力は出役の折り、奉行に代わって出ることもある。もっとも捕り物には詳しくない。同心や小者の指揮は、奉行所に属している本来の与力が執り、内与力は見学しているだけと形ばかりのものになる。

なにより、大坂は商いの都である。武よりも政が重要視される。江戸町奉行所ではもっとも格上とされる吟味方《ぎんみかた》は、大坂では格下に変わる。

与力とはいえ、内与力は町奉行所の同心よりも軽く扱われた。

「お邪魔をいたしまする」

風呂を出てから朝餉《あさげ》を摂り、昼ごろまで寝た亨の耳に、若い女が訪《おとな》いを入れる声が聞こえた。

「咲江《さきえ》さま、お出《い》でなさいませ」

「城見さまは」

「お役目から朝早くにお帰りになられまして、今、お休みでございまする」

萩が応対した。

内与力は大坂に永住するものではなく単身で赴任し、主の転属とともに数年から十年ほどで去っていく。そのぶん、長屋は安普請で、玄関もなかった。咲江と萩の遣《や》り取りは、亨の枕元でおこなわれているように聞こえた。

「ちょうどよかった」

西咲江が手を打った。

咲江は大坂西町奉行所同心の長女である。亨が内与力として赴任してくる前から、城見の長屋に出入りしていた。咲江の父は内政方内与力をしていた父の配下であった関係で、親しく往来していた。父が江戸へ帰り、亨が捕り方内与力になってから、咲江の父が城見の長屋へ来ることはなくなったが、なぜか咲江だけはそのまま三日にあげず顔を出していた。

「鯉《こい》をもらいまして、少しだけやけどお持ちしましてん」

「それはありがたいことでございまする」

萩が喜んだ。

「咲江さま、昼餉は」

「まだ食べてまへん」

問われた咲江が否定した。

「ご一緒なさいませぬか」

「はい」

あっさりと咲江が萩の誘いに乗った。

「お手伝いを」

「お願いいたしまする」

女二人が台所土間へと移動した。

「はあ、あの味はかなわぬ」

亭が嘆息した。

江戸と大坂では水からして違っていた。

多摩川から地中の木樋《もくひ》を通ってきた江戸の水道水はかすかながら木の臭いと味があり、大坂は大川《おおかわ》と呼ばれる淀川水系から船で汲《く》んできたものを購入し水瓶《みずがめ》に保存していたため日が経つと臭い。

さらに味付けがまったく異なった。

江戸は醤油と稀《まれ》に酒を使うていどで、基本辛い。それに比して、大坂は砂糖を使う。

「甘いおかずで飯が喰《く》えるか」

亨は不満を漏らした。

「若旦那さま、そろそろお目覚めになられてはいかがで」

小半刻（約三十分）ほどで、萩が亨を呼んだ。

「……わかった」

腹は空いているのに、食欲はないという矛盾した感触を持った亨は、夜具から起きあがると着流し姿で、台所へと移動した。

台所土間に隣接した板の間が、食事の場所であった。

武家は使用人と食事を一緒にしない。さらに男は女と同席しないのが決まりである。板の間に用意されていたのは、亨だけの膳一つであった。

「西さまより、鯉をいただきましたので、煮付けております る」

萩が説明をした。

「そうか。いつもかたじけない」

正面に座っている咲江に、亨は礼を述べた。

「いえ、一匹もらっても、うちでは食べきられまへん、いえ食べきれませんので」

咲江があわてて言い換えた。一応、同心の娘と内与力では、内与力が上になる。もっとも、これは亨が内与力である間だけで、主曲淵甲斐守が大坂町奉行を辞めるか、亨が解任されれば、立場は逆転した。

曲淵甲斐守の家臣である亨は身分で言えば陪臣になり、咲江は町同心という低い身分ながら直臣の娘なのだ。万石を得ている家老であろうとも、三十俵二人扶持《ぶち》の町同心よりも世間では格下になった。

「西どのは」

亨は咲江の父、大坂西町奉行所諸色方《しよしき》同心西二之介《にのすけ》のことを問うた。

「父が家で食事をするのは、朝だけでございますよ」

咲江が手を振った。諸色方とは大坂町奉行所独特のもので、物価の調査と統制を任としていた。商都大坂におけるものの値段を決めることができるにひとしい権を持っているだけに、その力は大きかった。

「お昼は弁当でございましょうが、夜は……」

亨が首をかしげた。

「弁当も持っていきまへん、いえ参りませぬ。昼も夕餉も外ですませております る」

　また咲江が言い換えた。

「無理に口調を合わさなくてよろしゅうござる」

　亨は面倒になった。

「そう。助かるわあ」

　咲江がうれしそうに手を叩《たた》いた。

「うちはお母《かあ》はんが、町屋の出やから、家ではしゃちほこばった言い方なんかせえへんし」

「ご母堂は町屋の方か」

「船場の西海《せいかい》屋の娘ですねん」

　問うた亨に咲江が告げた。

「西海屋といえば、江戸にも店を持つ海産物問屋」

　大坂でも指折りの大店の名前に、亨が驚いた。西海屋はさすがに天下の豪商淀屋や鴻池《こうのいけ》屋に比べれば小規模だが、それでも月千両を商うと言われている繁盛店である。

「うん」

「……………」

子供のようにうなずく咲江に、亨は苦笑した。咲江は亨よりも五つ歳下の十九歳のはずである。十五、六歳で嫁に行くのが普通で、十九歳ともなれば子供の二人くらいいてもおかしくはない。

しかし、小柄な体躯《たいく》と幼い表情もあり、咲江はどう見ても十九歳には思えなかった。

「冷めないうちにお食べやす」

亨が箸を出していないことに気づいた咲江が促した。

「鯉は、咲江さまの調理でございまする」

萩が付け加えた。

「いただこう」

軽く一礼して、亨は鯉の煮物を口にした。

「……なかなかに」

亨はどちらとも取れる言葉で評価した。

「それはよろしゅうございました」

萩が被せるように言った。

「鯉の臭みがまったくない」

これは真実であった。亨も褒めたが、鯉が泥臭いかどうかは、捕まえてから清水で二日ほど飼ったかどうかで決まる。釣りたての鯉は泥臭くて、うまいものではなかった。もちろん、生姜《しょうが》や韮《にら》などで臭みを消す方法もあるが、それ以上に下準備がものを言った。

「そう」

うれしそうに咲江がほほえんだ。

「馳走であった」

亨は最初に鯉を片づけ、それから漬けもので飯を喰った。砂糖を使用した煮物では、白米を喰う気にならなかったのだ。

「では、拙者は役所へ出てこよう」

亨がいるかぎり、二人は食事ができない。亨は袴《はかま》を付けて、両刀を手にして長屋を出た。

「ふうう」

奉行所に入った亨は、思わず嘆息した。

「どうかしはりましたか」

「中村さん」

声をかけてきたのは昨日一緒に捕り物をした中村一米であった。

「少し疲れただけでござる」

まさか西咲江の煮物に辟易《へきえき》したとは言えない。亨がごまかした。

「無理おまへんな。城見さんは、大坂へ来たばかりやのに、気張りすぎてはるさかい」

中村一米が首肯した。

「ちっとは気を抜かんと……」

「ところで捕まえた二人の盗賊はどうなりました」

亨が中村一米の話に被せた。

「先ほどから尋問してますけどな。黙《だん》まりですわ」

中村一米がため息を吐《つ》いた。

「まあ、今さら白状してもせんでも、命はおまへんさかいな。十両盗めば首が飛ぶ、これは決まり」

「十両盗んだという証はございますまい。今回は押し入る前に捕まえたわけですから」

亨が異論を口にした。

「あきまへんね。あいつら二人、昨年高麗橋袂《こうらいばしたもと》堺屋《さかいや》押し込みで手配が回ってましてん。被害額が五百両、死人が二人出てますよって、死罪は免れまへん。しゃべろうがしゃべるまいが、関係ないんですわ」

「しかし、なんとしてでも仲間を捕まえぬと、昨日の店も困ろう」

「違いまっせ」

中村一米が否定した。

「盗人に襲われたなどとは恥で隠しますよって」

「えっ……」

亨は唖然《あぜん》とした。

「盗人が狙う。第一は金があるっちゅうことですわ」

「わかりまする」

金の匂いを盗人は嗅ぐと言われている。金のない家へ押し入ったところで、骨折り損のくたびれもうけでしかない。よほど愚かか、せっぱ詰まった者でもないかぎり、盗人は下調べをした。

「金がある。これは自慢ですがね。それを狙われたとなると恥になりますねん」

「狙われるのが恥……」

理解できないと亨は首をかしげた。

「さいです。盗賊に狙われる。それは、隙があるちゅうこって」

「なるほど」

亨はうなずいた。

「金があるのに、十分な対応をしてへん。それは身代にふさわしくないもんちゅうあつかいで、店の名前に傷がつきま。そうなんで、今朝早く和泉屋さんから、内済にという使いが、奉行所まで……」

「金を持ってきたんですね」

「…………」

確認した亨に、中村一米が黙って肯定した。

「では、昨日の一件は……」

「なかったことになりまんな」

中村一米が告げた。

「それでよろしいのか。逃げた盗賊はまたどこか襲いますぞ」

亨が懸念を表した。

「わかりまへんで。このまま大坂におったらまずいと、他へ逃げ出すかも知れまへん。あるいは、身の危険を感じたことで、足を洗うかもわかりまへん」

「本当にそうお考えか」

亨が中村一米へ詰め寄った。

「………」

中村一米が目をそらした。

「お奉行さまに申しあげてくる」

「無駄でっせ」

冷たい声を中村一米が出した。

「なぜだ。奉行が命じれば、奉行所は動かねばなるまい」

「そう思ってはるんですかいな。では、止めまへん。ごめんやす」

一気に他人行儀になった中村一米が、すっと離れていった。

「あれで町同心だというのか」

町の治安に責任を持たない中村一米に、亨は激した。

「殿、よろしゅうございましょうや」

亨は勢いのまま曲淵甲斐守のもとへ伺候した。

「どうした」

穏やかな表情で曲淵甲斐守が、亨を見た。

「捕まえた盗賊の尋問をさせていただきたく」

亨が願った。

「無駄だ」

曲淵甲斐守が首を左右に振った。

「なぜでございましょう。あやつらの口を割らせれば、残りの盗賊どもを一網打尽にできましょう」

「口を割っても捕まえることはできまい」

亨の言いぶんを曲淵甲斐守が否定した。

「ねぐらを知って、そこを襲えば一網打尽に……」

「一人でできるか」

「えっ……」

曲淵甲斐守の言葉に、亨が啞然とした。

「少なくとも浪人二人、盗賊四人おりまする。さすがに一人では無理でございまする」

亨が告げた。

「惣《そう》出役とまでは申しませぬが、捕り方一同は出さねば逃がしまする」

「出ぬぞ。誰も」

「そんなことは……お奉行さまが命じられれば」

「役立たずがいても使えぬだけじゃ」

亨に曲淵甲斐守が述べた。

「役立たずとは、捕り方がでございますか」

「うむ」

曲淵甲斐守が首肯した。

「あやつらは、余の言うことなど聞きはせぬ」

「そのようなことは……」

「わかっておるか。そなたは、吾が家臣である。余の指示に従わねばならぬ」

「はい」

「だが、奉行所の与力や同心どもは、吾が命を聞かずともよいのだ」

「そのようなことはございませぬ。お奉行さまの命は、奉行所に勤める者すべて

……」

「いいや」

途中で曲淵甲斐守が遮った。

「あやつらは、奉行所に付属しているだけで、実際は大坂の町人に飼われている」

「そのようなまねが許されましょうや。甲斐守さまから御上へ申しあげて、一同を

咎めていただけば……」

「いい加減にせよ」

曲淵甲斐守が叱りつけた。

「な、な……」

意味がわからず亨が唖然とした。

「儂《わし》を大坂町奉行で終わらせるつもりか」

「なにを仰せでございましょう」

亨が惑乱した。

「やはり家臣は家臣よな。主君の立場というものがわかっておらぬ。いや、そなたの父ならば、できようが」

大きく曲淵甲斐守が嘆息した。

「……………」

「まだまだ使いものにならぬな。よいか、儂がそのようなことを御上に申しあげてみよ、どうなると思う」

「それは、町方の与力、同心が役目を解かれ、別の者がその任を継ぐのではございませぬか」

「世間を知らぬにもほどがあるわ」

曲淵甲斐守が冷たい目で亨を見た。

「町方は特殊な役目じゃ。奉行を除いて、与力、同心は不浄職として蔑まれる。本来、目見え以上であるはずの与力でありながら、町方は目通りがかなわぬことからも、それはわかろうが」

「それは……」

内与力に任じられたとき、町方の事情を亨は教えられている。そのくらいのことは知っていた。

「不浄職と蔑まれる代わりに、あやつらは一代抱えでありながら世襲を認められてきた」

一代抱えとは、当主が隠居、あるいは死亡した段階で、身分を奪われることを言う。町方の多くはその形を取っていた。

「職務が特殊で、慣れるまでに相応の期間が要り、他職から異動してきても使いものにならないという理由もあるが、あやつらの身分は暗黙の了解で保障されている。もし、今、西町奉行所に属している与力三十騎、同心五十人を放逐したとして、その後に入るのは、放逐された者の息子、あるいは弟、従兄弟《いとこ》などになるだけ。余への反発を抱いてな」

曲淵甲斐守が説明した。

「町奉行所はなにも変わらぬ。表の顔が違っただけで、中身は同じだ」

「………」

亨は声を失った。

「ただ一つ違うのは、西町奉行が別人になっている」

「そのようなことは……」

「わからぬのか。余は町奉行だ。与力、同心を指揮する者。それが配下をうまく使えず、御上に泣きついた。つまり、町奉行たる器量がなかった証明だな。儂は役目を解かれ、江戸へ戻され、小普請入りを命じられる」

小普請とは無役の旗本、御家人を集めたもので、役目を果たさずともよい代わりに、小普請金という石高に応じた費用を幕府へ上納しなければならなかった。そして、罪を得て小普請へ落とされた者は、懲罰小普請と呼ばれ、まず表舞台への復帰はなかった。

「余はよい。別に死ぬわけではないからの。だが、余の後任の奉行はどうなる。前の奉行が配下の造反で飛ばされた。何一つ変わらぬ町奉行所と首の飛んだ町奉行、どちらが勝ったかは一目瞭然。新しい奉行は端《はな》から、配下たちへの気遣いを求められる。無事に大坂西町奉行を務め、勘定奉行、江戸町奉行へ上っていきたいならば、経歴に傷を付けられぬ。ならば傀儡《くぐつ》となって波風立たぬように身を縮めるしかあるまい。よいか、これが一人だけのことならば、町方に一石を投じるという意味があるかも知れぬ。だが、ずっと大坂西町奉行所が続くかぎり、影響は残る」

一度曲淵甲斐守が言葉を切った。

「与力、同心も楽をしているわけではない。意味のないことをしないだけだ。捕まえた二人の盗賊を責め問いして、隠れ家を白状させたところで、意味がないとわかっている。二人が捕まった段階で、盗賊たちは隠れ家を捨てる。新しい隠れ家を造るなり、ほとぼりをさますまで、どこかへ雲隠れするなりしている」

「あっ……」

そこに思い至らなかった亨は声を漏らした。

「ならば、あの二人にかかわるよりも、他にするべきことがあるだろう。街道筋を、船着き場を調べるなどして、盗賊たちが大坂から出たか、まだいるのかを確かめるとかの。あやつらはまともな町方とは言えぬが、最低限せねばならぬことくらいはわかっている。なにもしない者たちに金を払うほど、大坂の商人は甘くない」

中村一米たちが、働いていると曲淵甲斐守が語った。

「…………」

亨は愕然《がくぜん》とした。

「そなたの役目を解く。しばらく謹慎しておれ」

曲淵甲斐守が静かに命じた。

「……はっ」

亨は平伏した。己がどれだけ家臣として未熟なのかを身に染みさせられた。

「江戸へ戻ることは許さぬ。大坂で己を磨き直せ」

「…………」

内与力を解任された理由など、説明せずとも奉行所の与力、同心はもちろん、小者でもわかる。江戸へ帰れれば、好奇や馬鹿にする眼差《まなざ》しを浴びずともすむ。それを曲淵甲斐守は認めなかった。

厳しい処分を亨は黙って受けるしかなかった。

三

亨が内与力を解任されたことは、一日で町奉行所の隅まで知れ渡った。

「お若いからの」

「慣れぬことに口出しをするからじゃ」

「大坂の町のことは、我らに任せるとお奉行は、あの若造を処罰することで、言われたに等しい。なかなかおわかりのいいお方だの」

与力、同心が集まっては、いろいろな批評をした。

「…………」

謹慎を命じられた亨は、長屋に閉じこもっているおかげで、その手の噂《うわさ》を直接耳にしないですんでいた。

だが、なにを言われているかを亨は知っていた。

「いろいろ言われてはりますえ」

咲江が毎日のように来ては、噂を教えていくのだ。

「拙者は謹慎中なのでござるぞ」

謹慎中は人と会うのも遠慮しなければならない。

「わたしは違いますよ」

咲江は平然としていた。

「しかし、それは謹慎に反し、咎めを受けまする」

亨が抗弁した。

「町奉行所のなかで誰が咎められますのん」

「それは……」

同心とはいえ、諸色方は力を持っている。まして、咲江の母は大坂の大商人の娘である。金で飼われている町方にとって、咲江は手出ししにくい相手であった。

「殿より拙者が叱られまする」

与力、同心に手出しをしないと言った曲淵甲斐守である。咲江になにか言うことはまずない。だが、亨は家臣なのだ。曲淵甲斐守の思うように処分できた。

「お奉行さまはなにもしはりまへんわ」

咲江が否定した。

「どうしてそのようなことがわかる」

亨が問うた。

「城見さまが謹慎を言われはってから、今日で何日になります」

「十日になる」

訊かれた亨が数えた。

「十日も、わたしは城見さまのところへ通ってますねん。それに気づかないお奉行さまですか」

「……では」

「わかって、見逃してくれてはるのか、わたしの話になにか意味があるとお考えなんか、そのあたりまでは、わかりまへんけど」

咲江が笑った。

「拙者に話を聞かせてどうしようというのだ」

亨は矛先を咲江に向けた。

「引きこもってるだけやったら、病人と一緒ですやろ」

咲江が答えた。

「ほな、また」

あっさりと咲江が帰っていった。

「なんなのだ……」

亨は煩悶《はんもん》した。

役目を解かれたのも、主君から謹慎を言われたのも納得している。武士は主君の一言で命を捨てる者だからだ。だが、役目を失い、町奉行所にいる理由を失った亨を江戸へ帰さない意味がわからない。さらに、咲江が毎日顔を出すのを放置しているのも謎であった。

「今日はおもしろいお話を持ってきましてん」

それからまた十日ほどして、咲江が顔を出すなり言った。

「おもしろい話……」

長屋から出られない亨にとって、いつのまにか咲江は唯一の刺激となっていた。

「あんときの盗賊が、また出たとか」

「なんだと」

亨はぐっと身を乗り出した。

「……近《ちこ》うおます」

頰を紅《あか》くして咲江が小さな声を出した。

「あっ……すまぬ」

二人の顔が、三寸(約九センチメートル)ほどで対峙《たいじ》していることに亨は気づいた。

「……ふうう」

離れた亨に咲江が小さくため息を吐いた。

「話を頼む」

姿勢を戻した亨が急《せ》かした。

「もうちょっと照れるなどしてくれはったら、よろしいのに」

小さく咲江が不満を漏らした。

「西どの」

「わかってますえ。昨日、道修町《どしょうまち》の薬問屋小西屋はんの店へ押し入ろうとしたところを、中村一米はんらが巡回で出会ったそうで」

「巡回……」

あれほど面倒くさそうにしていた中村一米が、まじめに夜回りをしていたと聞かされた亨は驚いた。

「小西屋はんは、立ち入りですよって」

そう言って咲江が続けた。

「なんでも数日前から、見たことない浪人者が道修町をうろついていると報せがあったとかで、警戒してはったそうで」

「浪人者、あいつらか」

亨は顔と姿を思い出した。

「被害は」

「玄関大戸二枚が破られただけだそうで」

咲江が答えた。

「破られるまで待ったのか」

「夜中歩いているだけでは、咎められやしまへんから」

咎めるような口調の亨に、咲江が言った。

「……被害が出るまで動けぬとは」

亨が悔しそうな顔をした。

「しかたおへん。疑いだけで捕まえていたら、どれだけ冤罪《えんざい》の人が出ますやら」

「…………」

亨は反論しなかった。

「で、盗賊らは」

結末を亨は訊いた。

「また二人だけ捕まえたそうで」

淡々と咲江が告げた。

「残り四人……」

亨が口のなかで数えた。

「そうそう、今日はおばあさまから干し鮑《あわび》をいただきましてん。おかゆでもしましょ」

打ち切るように咲江が台所へ下がっていった。

「もう、誰も城見さまのこと話してませんわ」

二十日ほどで咲江がそう告げた。

「そうか……」

他人に気にされない。針の筵《むしろ》よりはましだが、なんとなく寂しいものである。亨はなんともいえない気分になった。

「顔を出せ」

その翌日、亨は曲淵甲斐守に呼び出された。

「落ち着いたようだな」

「先日は、心得のないまねをいたしました」

腰を深く折って亨は詫びた。

「うむ」

ゆっくりと曲淵甲斐守が認めた。

「本日そなたを呼び出したのは、盗賊捕縛の手伝いをさせるためじゃ」

「盗賊……あの者たちでございましょうや」

「そうだ」

うなずいた曲淵甲斐守が、書付を亨の前に出した。

「読め」

「拝見つかまつりまする」

亨は書付を手にした。

「これは……ここ一年の盗賊被害ではございませぬか」

「そうだ。それもできるだけあの連中たちの仕業と思われるものを集めた」

「すさまじい金額……合わせて二千両をこえておりまする」

亨は息を呑《の》んだ。

城見家は、曲淵の家臣のなかでは高禄《こうろく》を得ている。当主はまだ父であるが、城見家は八十石を食《は》んでいる。八十石は四公六民で二十四石となり、一石をおよそ一両とすれば、城見家の年収は二十四両になった。二千両はその八十倍をこえる莫大な金額であった。

「たしかに二千両は多いが、盗賊にとっては、さほどの金額ではない。住むところ一つでもそうだ。盗賊に家を売る者も、借す者もおらぬ」

大坂でも江戸でもそうだが、家を買うにも借りるにも、金だけでなく、保証人が要った。さらに保証人には誰でもなれるというものではなく、その家がある町内で名の知れた人物でなければ意味がなかった。

「まあ、いつ捕り方に踏みこまれるかわからぬ盗賊たちだ。家を買おうとは思うまいが、かといって旅籠《はたご》住まいは金がかかる」

大坂は商いの町である。人の出入りは多い。ただ、江戸と違うのは、誰でもいいからと人を雇わないのだ。江戸は、大名家の中間《ちゅうげん》、普請に従事する人足《にんそく》と、なにかしらの仕事が絶えずある。どころか、需要に対して供給が追いついていないのが現状である。身許《みもと》の確実な者だけをというわけにはいかなかった。ようは誰でもよいからと人手を募った。

対して大坂は金を扱う仕事がほとんどなのである。横領や持ち逃げなどをされてはたまったものではない。信用できない奉公人など不要であった。

結果大坂に来る者は、ほとんどが商売のためとなる。

大坂に来る商売人には二種あった。金があることを見せて、大きな商いをまとめようとする者か、わずかでも儲《もう》けを出そうとして必死な者である。

大きな商いを求める者は立派な旅籠に泊まり、さらに取引相手を遊里などに招いて、派手な滞在をする。

逆に少しの儲けを狙っている者は、金のかからない木賃宿に泊まる。

大坂には、主として高価な旅籠か、廉価な木賃宿しかなかった。

「さて、他人の金を盗もうという連中はどうする。悪銭は身に付かぬと申すであろう」

「贅沢《ぜいたく》な旅籠に滞在していると」

亨は言った。

「いいや。そなたはやはり若い。まだ世間を理解しておらぬな」

曲淵甲斐守が嘆息した。

「……申しわけございませぬ」

「いや、よい。家臣を育てるのは主君の役目だ」

頭を下げた亨に、曲淵甲斐守が手を振った。

「いい旅籠は、怪しげな客を泊めぬ。他の客になにかあっては困ろう。旅籠とはいえ、紹介がなければまず相手にせぬ」

「では、身許も気にしない木賃宿に……」

「盗賊がそれで我慢できるわけなかろう。そうできる者ならば、盗賊などせぬよ」

亨の言葉を曲淵甲斐守が否定した。

「わかりませぬ」

すなおに亨は教えを請うた。

「金を遣う者が正しいというところに潜むのだ」

「そのようなところがございますので」

亨は首をかしげた。

「遊里よ」

「……遊里でございますか」

怪訝《けげん》な顔を亨はした。

「そなた遊里に足を運んだことはないのか」

「あいにく、不調法でございまする」

亨は首を左右に振った。

「不調法……」

曲淵甲斐守があきれた。

「主として家臣にこのようなことを勧めるのはどうかと思うが、いたしかたない。町方は世情を知らずして務まるものではない。亨、一度遊里に行って参れ」

「遊里を見てこいと……」

「うむ。場所くらいは知っておろう」

「西でございまする」

亨は答えた。

西とは、新町《しんまち》の遊郭のことである。吉原に次いで、幕府から許可を受けた大坂における唯一の公認遊郭である。大坂城の西にあったことから、こう呼ばれていた。

「わかっておるならば、行ってこい」

手を振って曲淵甲斐守が亨を下がらせた。

四

亨は外出の支度を調えるため、一度長屋へ戻った。

「なんでございました」

長屋では当然のように、咲江が待っていた。

「謹慎を解いていただきました」

「それはおめでとうございまする」

咎めを終えたのは、武家にとって首が繋《つな》がったのと同義であった。咲江も武家の娘にふさわしい口調で祝いを述べた。

「ありがとうございまする」

亨も応じた。

「萩、出かける。支度を」

咲江の後でうれしそうにしている萩に、亨は指示した。

「慎みが明けたからというて、すぐに出歩かれるのはあきまへんのでは」

咲江が諫《いさ》めた。

「いや、お奉行より西へ行って来いと」

「西……」

答えた亨に、咲江の目つきが変わった。

「お奉行さまが、城見さまに西へ行って来いと言わはった……」

「さようでござる。拙者には世情がわかっておらぬとの仰せで、西へ参れと」

なにげなく亨は曲淵甲斐守の言葉を告げた。

「ふうん」

咲江の声が低くなった。

「城見さまは、西へ行かれたことは」

「まだござらぬ」

亨は首を左右に振った。

「そう」

ほんの少し、咲江の様子が軽くなった。

「案内しましょう」

「いや、それは悪い」

咲江の申し出を亨は遠慮した。

「近いから気にせんとって」

咲江が重ねて言った。

大坂西町奉行所のある本町橋袂から、新町遊郭は近い。小半刻（約三十分）ほどしかからない。

「しかし、これはお役目ゆえ」

曲淵甲斐守の命である。女を同伴させるわけにはいかないと亨はもう一度断った。

「お役目で女郎さんと遊ぶんや」

また咲江の雰囲気が変わった。

「女郎と遊ぶ……そんなわけござらぬ。あくまでもお役目でござる」

亨が抗弁した。

「ほな、わたしが一緒に行ってもかまへんはず」

「……だから女連れでお役目など、誰かに見られれば笑われまする」

咲江の言いぶんを亨は否定した。

「………………」

じっと咲江が亨を見つめた。

「萩、用意を」

亨は目をそらした。

主持ちが外出するには、羽織袴が必須である。亨は城見家の家紋二階笠《がさ》の入った黒の羽織と小倉縞《こくらじま》の袴を身に付け、長屋を出た。

「この道を南へまっすぐ行けばいい」

亨は歩き出した。

大坂は太閤《たいこう》豊臣秀吉によって基盤を整備された。大坂夏の陣で豊臣の造った大坂城とその町並みの多くは失われたが、徳川によって再建されていた。

大坂は、南北を貫く道を筋、東西を横切る道を通りと呼ぶ。亨は本町筋を南へと進んでいた。

「……………」

そのすぐ後に咲江が付いてきていた。

「西どの」

亨が足を止めた。

「なんでございますやろ」

咲江も歩みを止めた。

「なぜ付いてこられる」

「なにを言いはりますやら」

亨の問いに、咲江が笑った。

「たまたま同じ方向に進んでいるだけで」

「なにを言われるか」

咲江の答えに、亨は嘆息した。

「城見さまこそ、なにを言わはります。ここは大坂でも有数の本町筋。行き交う人は山ほどいてます。そこで同じ方向だからと、後を付けているなどと言いがかりでしかおまへん。わたしをそのていどの女やと思ってはったんですか」

大仰に咲江が嘆いてみせた。

「……はあ」

亨はあきらめて、ふたたび歩き始めた。

男の足は速い。というより、女の足が遅い。これは、裾を蹴散らすのははしたないとされているからである。

「冷たすぎまへんか」

少し歩いたところで、背中から咲江の恨み言が聞こえた。

「付けてきているのではないのでしょう」

亨はあしらった。

「知り合いの女が一人で歩いているのを、突き放してさっさと進む。男はんとして、それはどないですやろう」

「…………」

後を付けてると言わず、女の一人歩きを放っておくのかと責める咲江に、亨は黙るしかなかった。

「気遣いできへん男はんは、もてませんで」

咲江が追いついた。

「もてるもてないの問題ではございますまい」

亨は反論した。

「女は男はんをいつも見てますよって、気を遣ってないと、ええ嫁はんは来まへん」

咲江が亨の文句を無視した。

「ほな、行きましょ」

今度は咲江が先に立った。

「…………」

主従あるいは、あからさまな身分差でもないかぎり、女の後を男が付いていくわけにはいかない。亨はすばやく前に回った。

「どないです」

咲江が後ろから声をかけた。

「なにがでございまするか」

意図がわからず、亨は首をかしげた。

「大坂の町はどないですやろう」

「良いところだと思いまする。江戸も活気ありますが、大坂も元気」

亨は告げた。

「江戸と大坂、どこが違います」

「人の数、それも武家の数が江戸のほうが、はるかに多い」

重ねて訊かれた亨は述べた。

「江戸は天下の城下町、大坂は天下の台所ですよってに。人は江戸に、金は大坂に集まる」

咲江が話した。

「たしかに」

亨も同意した。

「その大坂でもっとも金が動くのは、米相場の堂島《どうじま》。そして金が落ちるのは新町」

咲江が続けた。

「堂島では、金は数として扱われ、実在しまへん」

米相場は宝永《ほうえい》のころ、大坂の堂島で始まった。これから先米の値段がどうなるかを予想し、凶作になると思えば現在の値段で買い注文を、豊作だと読めば売り注文を出す。そして、締めの日の値段で決済し、利損を精算した。

享保十五年（一七三〇）、米相場は幕府の認可を受け、堂島に米会所《こめかいしょ》を設けた。大坂以外にも、江戸の蔵前《くらまえ》、新潟、桑名などにも米相場は立ったが、西国大名たちの米を一手に引き受けた大坂がもっとも盛んであった。

大名や武士にとって収入のもととなる米の値段を決めたことから、金や銀などの貨幣の変動にも影響を及ぼし、大坂の堂島が日本の経済の中心となった。

とはいえ、現物を遣り取りはせず、米の値段を書いた札だけが取引の実態であった。もちろん、その札は現金と同じ扱いを受け、勝った者は期日がくればいつでも換金でき、負けた者は要求された日に金を支払わなければならなかった。

「………」

亨は米相場など気にしたことさえなかった。

「日に数万両が動くのが堂島。でも実際の小判は一枚もない。代わりに小判がもっとも降るのが、この新町」

咲江が指を突き出した。

「これは凄《すご》い」

亨は目を剝《む》いた。

新町は大坂で唯一の公認遊郭だけに、大門は堂々たる黒塗りの三尺（約九十センチメートル）の太さの柱でできており、その奥に見える辻《つじ》も二間（約三・六メートル）の幅でまっすぐに続いている。その他の小さな岡場所や遊女屋が、いつ町方の手入れを受けて潰されても、あまり痛手を負わないよう、適当な造りをしているのとは違っていた。

「入る前に、ちょっと回ってみましょ」

咲江が遊郭の全景を見ておこうと提案した。

「ああ」

亨は首肯した。

新町遊郭は、その四方を壕《ほり》で囲まれていた。出入りは、東西に設けられた門だけで、それぞれに番所らしいものがあり、黒の法被《はっぴ》を着た男衆によって見張られていた。

「さほど広いわけやおまへんけど、壕がおまっしゃろ。これは、遊女が足抜けせんようにというのと、客が金払わず逃げんようにしてますねん。ちょっと壕を覗《のぞ》いておみやす」

咲江が足を止めた。

「なかを……あれは逆茂木《さかもぎ》か」

「こっちでは袖がらみと言うてますけど。衣服を着たまま壕に入ったら、あれに絡《から》まれて、身動き取れんようになりますねん」

驚く亨に、咲江が語った。

「では、裸ならば逃げられるのではないか」

「大坂の繁華なこのあたりで裸。目立ってしゃあおまへん。どこへ逃げたかわかりますよって、すぐに捕まりますやろ」

亨の疑問に咲江が答えた。

「なるほどな。裸の女が走っていれば、注意を引いて当然だな」

「男はんはとくに、じっと見はりますし」

　咲江が亨を見た。

「……………」

　剣呑《けんのん》なものを感じた亨は黙った。

「まあよろし」

　ふたたび咲江が歩き出した。

「ちょうど半周ですわ」

　咲江が西門の半分ほどしかない出入り口を指さした。

「この東門は、最近できたばかりですねん」

「そうなのでござるか」

　東門の前で咲江が説明した。

「最初は西門だけだったけど、それでは堂島や船場の旦那衆に遠回りさせることになりますよって、こっちに新たな門を造ったそうですわ」

「なるほど。さすがは客商売の町、大坂だ」

　亨が納得した。

「なかは、新京橋、簞笥、新堀、佐渡島、吉原の五丁に分かれ、それぞれに年寄りがおって、差配してますねん」

「よくご存じだ」

遊郭のことにくわしい女というのは、珍しい。亨は感心した。

「町方の娘でっせ。これくらい知っとかんと」

咲江が笑った。

「なるほど。これが世情に通じるということだな」

亨はうなずいた。

「ほな、入ってみましょ。もう半周せんでもよろしいやろう」

「よろしいのか」

女が遊郭に入る。亨は驚いた。

「どおってことおまへん」

咲江が首を左右に振った。

「商家の女主人が、お客はんを接待することも多いんでっせ。さすがに女が遊女を買うわけにはいきまへんが、飲み食いは問題おまへん」

「女が主人……」

　武家ではありえないことに、亨は戸惑っていた。

「商家には珍しいことやおまへんで。一人娘やったり、娘ばっかりやったり、あるいは旦那を亡くしたりありますよって」

「婿を取るのでは」

　亨が尋ねた。

「もちろん婿さんは取りますけど、財産は家付き娘、あるいは後家はんのもんですねん。お武家はんは、いざというとき戦わなあきまへんから男はんでないとお家を継げませんけど、商家は商才さえあれば、男でも女でもでけますよって」

「ほう」

　咲江の言葉に亨が感心した。

「大店のなかには、娘に出来の良い番頭をあてがって、商売を任してるところもおますけどな、財産は娘はんのもんで、婿さんのものにはなりまへん」

「よくわからないのだが……」

　商人の習慣を亨は知らなかった。

「店で商いに遣う金と、財産は別ちゅうことですわ」

「ふむう」

武家では婿が家督を継いだ以上、当主となる。さすがに家付き娘に遠慮はしなければならないが、そこまでの区別はなかった。

「親は子に遺したいものですやろ」

「よくわからぬ」

まだ独身で部屋住みである亭には、咲江の言いたいことがわかっていながら、実感できていなかった。

「はあ」

咲江がため息を吐いた。

「ぼちぼち行かなしゃあおまへんな」

「なんだ」

「こっちの話。それでは、新町遊郭のなかを見ましょ」

首をかしげた亭を咲江は促した。

第二章　町方の裏

一

新町遊郭は五つの町内に分かれ、それぞれを曲輪《くるわ》年寄が支配していた。

「ここは新京橋町でっせ」

咲江が足を止めた。

「新京橋町……」

「遊郭のなかでも有数の名見世《めいみせ》が多いところで、なかなか庶民には通えないところ」

「そうなのか……」

遊郭へ初めて足を踏み入れた亨は、物珍しげに周りの見世を見た。

「あんまり落ち着きのないまねは」

咲江が制した。

「とはいえ、辺りを見ぬと盗賊たちがいるかどうかさえわからぬ」

「そういうときは、思い出さなあかん顔を頭に浮かべながら、目を一カ所に向けんと、どことい うわけやなく、ぼうっと全体を見るような感じにしはるんです。で、頭のなかの顔と一致するような気がしたとき、注視しますねん」

「そういうものか」

指導に亨は従った。

「相手は奉行所に追われてると知ってますねん。他人目《ひとめ》に敏感になって当然でっせ」

「なるほど、気配を感じさせてはいかぬというわけだな」

亨は納得した。

剣術でも目は大きな役割を果たした。相手の動きを見るのは当たり前だが、それ以上に眼力が大きい。目から発する気迫で、相手を射竦《いすく》めて斬るという一刀流《いっとうりゅう》の極意もある。

「………」

亨は咲江の案内で、遊郭のなかを歩いた。

「うん……」

新京橋町から新堀町へと移動しかけたところで、亨は目の隅に違和を感じた。

「どないしはりましたん」

立ち止まった亨に、咲江が問うた。

「しっ……」

静かにするようにと合図した亨が、新京橋町へと振り向いた。

「あいつは……まちがいない。小袖の柄も同じだ」

亨はあの夜、浪人たちのなかにいた一人を見つけた。

「ほんまにいてましたんや」

咲江の声も緊張した。

「あんまり見つめたら……」

「わかっている。目はあの浪人ではなく、その向こうに据えている」

亨は一度受けた注意を忘れてはいなかった。

「さすが」

満足そうに咲江がうなずいた。

「あの浪人ですか」

亭の見ている先を追った咲江も気づいた。

「咲江どの」

さっと亭が咲江を抱き寄せるようにして、こちらを向かせた。

「な、なにしはりますねん。いきなりはちょっと……」

咲江があわてた。

「おとなしくしてくれ。浪人が振り向いた」

亭は咲江の顔を見つめた。

「えっ……気づかれたんやろか」

赤かった咲江の顔色が、白くなった。

「大丈夫だろうと思う。足のつま先が外へ動き出したときに顔をそらしたゆえ、向こうと目は合っていない」

「ようそんなこと気づかはりました」

咲江が感心した。

「しかし、恥ずかしいもんでんなあ。男はんと目を合わすというのは」

あらためて咲江が、うつむいた。

「まあ、たしかに遊郭のなかでっさかいな。男と女が向かい合っているのは当たり前で、それほど珍しい光景やおまへんけど」

咲江がふたたび頬を染めた。

遊郭は客の男と遊女の出会いの場でもあり、別れの場でもある。馴染み客ともなれば、見世を出たところまで遊女が見送ることも多い。そんなとき、男女はかならず、相対して互いを見つめ合う。

「すまぬな」

詫びて亨は咲江の肩から手を離した。

「もう大丈夫なんですか」

「ああ。どうやら気づかれずにすんだようだ。あの見世に入っていった」

亨が指さした。

「あそこですか。あそこやったら知ってますわ。出島屋と言いまして、長崎出身の主が、妓たちに派手な小袖を着せていることで有名ですねん」

「派手な小袖とは」

亨は意味がわからなかった。

「妓の着ているものが派手ちゅうことですわ」

少し咲江がかみ砕いた。

「着物が派手で客が来るのか」

「派手な着物を身に付けている妓はきれいに見えますやろ」

咲江が言った。

「そういうものか」

「はああ、こういうお人どしたな」

まだ理解していない亨に、咲江が嘆息した。

「まあ、このほうがよろしいけど」

独りごちた咲江が小さく笑った。

「で、派手な着物を着せるちゅうのは、そのぶんのお金も妓の揚げ代金にかかるということ」

「高いのか、ここは」

少し離れたところから、亨が出島屋を見た。

「あきまへん。あんまり探るような目をしてはると、他のもんに気がつかれますえ」

今度は咲江が無理矢理亨の首に手をかけて、己のほうに向けた。

「うわっ」

亨があわてて咲江の手を払った。

女が他人目のあるところで男に触れる。武家ではありえなかった。母親と息子、兄と妹でさえ、町中では間合いを空けて歩くのだ。

「痛う」

咲江が手を押さえた。

「あっ。すまぬ」

焦った亨が詫びた。

「まったく、最前はそちらからしてきはったちゅうのに、わたしがしたら怒らはる。ほんまに、男はんは勝手なもんや。あの浪人だけと違いますねんやろ。他にも盗賊はいてるはず。そいつらにばれまっせ」

咲江があきれた。

「そうであった。恥じ入る」

さきほどの行動が正しいものだと理解した亨が、もう一度謝った。

「もう、よろしいわ。ほな、いきましょか」

顔をあげてくれと言った咲江が促した。

「どこへ……」

亨は首をかしげた。

「見世に行きまひょ。そこで主から話を訊けばよろしおます」

「大事ないのか」

「遊郭は町方の支配を受けますよって、あまり無下な対応はしまへん」

咲江がさっさと出島屋の暖簾《のれん》を潜《くぐ》った。

「お出でやす」

暖簾の向こう、見世の土間に紺色の法被を身に付けた男が、小腰を屈《かが》めていた。

入ってきたのが女だったことにも動じていなかった。

「旦那はんはいてはりますか」

「失礼でっけど、おたくはんは」

咲江の求めに、男衆が誰何《すいか》した。

「西町の西の娘ですわ。で、こちらは西町の内与力城見さま」

「えっ」

紹介された亨は絶句した。

「咲江どの、さきほど……」

つい今、目立つまねはするなと叱られたばかりである。その叱った咲江が、さっさと身許を明かしている。どう考えても矛盾している。亨は咲江の行動に呆然《ぼうぜん》となった。

「よろしいねん。外から見上げてると、誰に見つかるかわかりまへん。なかへ入ってしまえば、そうそう他人目に付きまへんし、客は二階から通りを見下ろせますが、見世の土間は見えまへんよって、外より内が安全ですねん」

こともなげに咲江が述べた。

「西のお番所の。しばらくお待ちを」

男衆が土間から板の間へとあがり、そのまま奥へと消えた。

「遊女屋ちゅうのは、ええ見世ほど他人と顔を合わせんでええようになってますねん。さすがにいつ誰が来るかわからへん暖簾の外までは面倒見られまへんけど、なかはこうやって仕切やら、階段やらで覗かれんようになってます」

咲江が語った。

「よくご存じだ」

亭は感心した。

「父のお迎えにちょいちょい来てますよって」

少しだけ咲江が嫌な顔をした。

「西どのが」

「ほんま、かないまへんわ。夜の間に帰って来てくれたらよろしいのに、泊まったりしはるから、着替えとかの準備が要りますやろ。歓待されるのはええことですけど、こっちのことも考えてくれはらんと」

「商家のお誘いか」

「はい。父は諸色掛かりですやろ。どこの商人はんも、父の機嫌を取ろうとしてくれはりますねん。まあ、そのおこぼれが家《うち》にも来ますよって、文句を言うのは……」

小さく咲江がため息を吐いた。

「おこぼれ……遊女屋の」

「嫌やわ。おこぼれちゅうたら、仕出しのお弁当ですえ」

勘違いした亨に、咲江が笑った。

「父を新町に誘った日は、たいがいどこぞの料理屋はんから仕出しが届きますねん」

咲江が続けた。

「それも三段くらいはある立派なものですわ。あれ一人前で二朱はしますやろうなあ。それが皆のぶん来ますねん」

二朱はおよそ七百五十文ほどになる。庶民が一家四人で一日二百文もあれば生活できることにくらべて、どれほど高価なものかわかった。

「家族にまで……」

亨が驚いた。

西の家が当主を入れて五人だと亨は知っている。当主の西二之介は接待でいないので、省いたとしても、弁当四つで二分になる。その金額に亨はめまいがした。

「それくらいはしてくれはります。お母はんなんか、お父はんのいてないほうが、ええもん食べられる言うて、喜んではりますわ」

あっけらかんと咲江が告げた。

「……これが」

一拍置いて咲江が亨の目を見た。

「大坂の町方というもの」

咲江が断言した。

「………」

亨は言葉を失った。

「お待たせをいたし申しわけございません。わたくしが、出島屋の主、崎右衛門《さきえもん》でございまする」

中年の立派な体格をした商人が、土間まで出てきて挨拶をした。

「西さまのお嬢さまとのこと。いつもお父上さまにはご贔屓《ひいき》にいただいておりまする」

　出島屋崎右衛門がほほえんだ。

「娘に返事のしにくい挨拶せんとって欲しいわ」

　咲江が苦笑した。

「これは気づかぬことを」

　わざとらしく笑って出島屋崎右衛門が謝罪した。

「で、こちらが……」

　ようやく出島屋崎右衛門が亨に顔を向けた。

「曲淵甲斐守家来で西町奉行所内与力を拝命している、城見亨である」

　亨が名乗った。

「これは、これは。お見それをいたしました」

　咲江に対するよりも、軽く出島屋崎右衛門が対応した。

「……………」

　亨への対応を見ていた咲江が、愛想を消した。

「出島屋はん、あんまし舐《な》めたらあかん」

「なんのことでございましょう」

　詰問するような咲江に、出島屋崎右衛門が首をかしげた。

「二階に居続けてる浪人の客、素性に気づいているやろう。城見さまが見つけはったで」

「…………」

「なにっ」

　咲江の言葉に、出島屋崎右衛門は黙ってほほえみ、亨は絶句した。

「気づかんはずないわな。遊女屋の主は、客を見抜くのが仕事やさかいなあ」

　咲江が出島屋崎右衛門を睨《にら》んだ。

「わたくしにはなんのことか」

　あくまでも出島屋崎右衛門はとぼけた。

「咲江どの」

　亨が本当かどうかの確認を求めた。

「金の遣い方で、どんな客かわからない商売人なんぞ、大坂にはいてまへん」

　咲江が出島屋崎右衛門から目を離さずに続けた。

「自分で稼いだ金か、苦労せずに手に入れた金か。遣い方がまったく違います」

「さすがは西さまのお嬢さまでございますな」

出島屋崎右衛門が褒めた。

「ですが、わたくしはなにも悪いことをしておりませぬ」

「なにを言うか。盗人とわかっていながら、奉行所に届けぬなど」

亨が憤った。

「落ち着きやす、城見さま」

咲江が亨の背中を撫《な》でた。

「うっ……」

なんともいえない感触に亨が勢いをなくした。

「城見さま、大坂にはもう一つ慣習がございますねん」

見てくる亨に、咲江が真剣な表情をした。

「慣習……」

「はいな。金に汚れは付かないという」

うなずいた咲江が語った。

「それは、金の出所はどうでもよいと」

「金には変わりございません」

たしかめる亨に答えたのは、出島屋崎右衛門であった。

「そこまでして金を稼ぎたいか」

亨は出島屋崎右衛門を睨みつけた。

「稼がなければ、生きていけませぬので」

出島屋崎右衛門は悪びれなかった。

「それでも、倫理というものがあろう」

「衣食足りて礼節を知るという言葉もございますが」

怒りの収まらない亨に、淡々と出島屋崎右衛門が応じた。

「人から盗んだ金で……」

「お止《や》めいただきましょう」

まだ言いつのろうとする亨を出島屋崎右衛門が制した。

「ここにいる女たちの前で、そのお話はご遠慮いただきたく」

「女たちの前……」

亨が口ごもった。

「新町の遊郭にいる女たちは、誰もが借財のため、ここへ落ちてきておりまする」

「落ちて……」

滅多に聞かない表現に、亨の勢いがしぼんだ。

「はい。女が身を売ることで、家族が生きていける。金に色が付いていると言われるならば、娘を売った金で今夜の米を買う親はどうすればよろしいので。娘を売らずに、飢えろと言われまするので」

「………」

亨はなにも言えなかった。

「ここでの金も同じでございまする。借金の形《かた》で遊女になった女たちにとって、客が付かないということは、借財が減らないのと同じでございまする。客が毎日通い、人気が出れば、借財の返却ができ、さっさとここから出ていけまする。それを客の金が気に入らないからと拒ませれば、それだけ地獄が長引きましょう」

「むう……」

亨は唸るしかなかった。

「新町は身分が通じるところではございませぬ。ここで威を張りたければ、金を遣ってもらわな困ります」

出島屋崎右衛門が告げた。

「帰りましょう、城見さま」

咲江が口を挟んだ。

「しかし……」

「これ以上は無駄でございますよ」

はっきりと咲江が首を振った。

「……承知」

亨は苦い顔ながら、首肯した。

「帰りまひょ」

咲江が亨の背中を押した。

「出島屋はん」

暖簾のところで、咲江が足を止めた。

「もう十分稼いだはず。要らんことをしたら、あきまへんで」

「……………」

釘《くぎ》を刺した咲江に、無言で出島屋崎右衛門が頭を下げた。

二

新町遊郭を出た亨は、咲江との間合いを縮めた。

「小声で話ができる距離でお願いしたい」

「はい」

うれしそうに咲江が、足を速めた。

「歩きながらがよろしかろう」

「さようでございますね。他人に聞かれずにすみますし」

咲江が同意した。

「遊郭というのは、ああいったものなのか」

「町方の言うことを」

「聞かない」

亨が言った。

「聞きまへんなあ」

咲江が苦笑した。

「でも、遊郭だけやおへんで。どこも同じですわ」

「どこも……」

亨が呆然とした。

「大坂は、御上に頼りまへんよって」

「御上に頼らない」

「いろいろ縛りはるわりには、なんもしてくれはりませんよって」

「うっ」

亨は詰まった。

「……少し、寄り道をさせていただいても」

咲江が問うた。

「少しくらいならば」

「おおきに。こっちへ」

了承した亨の前に、咲江が出た。

咲江は奉行所のある本町橋より西へと道を曲がった。

「船場か」

少し行くと、大きな商家が軒を並べていた。

「ここですねん」

咲江がそのなかでもひときわ大きな店に入った。

「どうぞ、城見さま」

「よいのか。ここは」

「西海屋、わたしのおじいちゃんの店ですわ」

咲江が告げた。

「お邪魔するえ」

「お嬢さま、お出でやす」

入った咲江を奉公人が出迎えた。

「奥へ通るえ。どうぞ、城見さま」

咲江が亨を促した。

「ごめん」

亨は咲江の後に続いた。

西海屋は、船場でも指折りの豪商であった。その敷地は町内の一画まるまるを占めており、店の奥にある自宅も相当な規模であった。

「内玄関ですけど、どうぞ」

咲江が案内したのは、西海屋の内客間であった。

商家には二通りの客が来た。一つは店の客である。商人のもとを訪れる客は、その格に応じて遇された。店先で対応される者、客間へ通される者である。客間に通された客でも、番頭が相手をする者と主が出てくる者と対応には差がある。客間に対して、奥の客間は親類一同など、西海屋としての客ではない者をもてなす場所である。店の客間に比して、飾り付けなどは質素に抑えられていた。

「ここでお待ちを」

客間に亨を残して、咲江が出ていった。

「これが大坂でも名の知れた商家の客間……」

亨は立ったままで客間を見回した。

「思ったよりも貧相でおますか」

背後から声をかけられた。

「むっ」

振り向いた亨の目に、咲江が出ていったのとは違った襖《ふすま》から入って来る老年の商人が映った。

「大坂の商人はこんなもんでっせ」

声をかけた人物が客間に入ってきた。

「店の客間は派手にしておりま。一寸角が一分という高価な鍋島緞通《なべしまだんつう》を敷き詰めた客間もおます。それはお客はんを脅かすとともに安堵《あんど》させるためで」

「脅かすと安堵させる。とても同時にできることではないと存じるが、西海屋どの」

客間に勝手に入ってこられるのは、その主としか考えられない。亨は呼びかけた。

「商売では、できなあきまへん。お初にお目にかかります。西海屋得兵衛《とくべえ》でございまする」

「曲淵甲斐守家臣、城見亨でござる。お教えいただけるか」

互いに名乗りを挟みながら、話は進んだ。

「脅かすというのは、これだけのものを客間に遣えるだけ金があるから、足下を見るなよというもの。どうぞ、お座りを」

言いながら、西海屋得兵衛が下座に腰を下ろした。

「失礼する」

一礼して、亨は床の間を背に座った。

いかに金持ちでも商人は、武家より身分が低い。西海屋から金を借りている大名の家臣ならば遠慮することもあろうが、通常は武家が上座を占めた。

「なるほど。で、安堵は」

座った亨は先を問うた。

「これだけのものを買うだけの金がある。ゆえに、西海屋は潰れません。安心してお取引くださいということですな」

西海屋得兵衛が告げた。

「ふむう」

「店の客間は儲けを生みます。しかし、奥の客間は儲けには関係ございまへん。ほな、金をかける意味おまへんでっしゃろ」

「たしかに言われるとおりでござる」

亨は納得した。

「咲江が無理を申したようで、ご足労をおかけしました」

西海屋得兵衛が詫びた。

「いえ。貴重な体験をさせていただいておりまする」

亨が手を振った。

事実、西海屋の主ともなれば、簡単に会える相手ではなかった。亨が正式に面会を申しこんでも、番頭あたりが応接に出てきて終わりになる。それだけの力を西海屋得兵衛は持っていた。

「そういえば、咲江どのは」

連れてきた本人がいないところで、これほどの大物と二人きりになる。亨は落ち着きをなくしていた。

「咲江は、夕餉の手伝いをしておりますよ」

「では、お邪魔をしては申しわけない。せっかく西海屋どのにお目にかかれたが、今日はこれにて失礼いたそう」

家族の団欒《だんらん》と聞いた亨は腰をあげかけた。

「なに言うてはりますねん。城見さまへお出しする夕餉の準備でっせ」

西海屋得兵衛が笑った。

「夕餉を馳走していただく理由がございませんが……」

「理由がなければ、ご飯は食べられませんか」

怪訝な顔をする亨に、西海屋得兵衛が言った。

「そういうわけではないが」

「それともお待ちの女《ひと》でもいはりますか」

西海屋得兵衛の目が細くなった。

「帰ったところで、子供のころから仕えてくれている女中が一人おるだけだ」

亨が否定した。

「なら、よろしいがな」

大きく西海屋得兵衛が破顔した。

「お伺いしてもよろしいか」

座り直した亨は西海屋得兵衛へ問うた。

「なんでも」

西海屋得兵衛が発言を勧めた。

「新町遊郭というところは、どうぃう」

「あそこは世間と違いますよって。あそこに嘘《うそ》はあっても真はおまへん」

「嘘はあっても真がない」

亨は眉をひそめた。

「遊郭は、突き詰めれば男女の場で。ただ、世間と違うのは、男によって女は買われる。ようは商売ということでございますな」

「商売……」

「そうでおます。女は男に買ってもらわなあかんのですわ。そのためになんでもする。手練手管というやつですな。肚《はら》のなかでは嫌っていても、表面上は惚《ほ》れている振りをするなどざらで。もちろん、女だけでなく、新町にいる男たちも同じでござぃまっせ。女の嘘を後押ししたりと」

西海屋得兵衛が語った。

「じつは……」

今日あったことを亨は話した。

「盗賊でっか。それはまた面倒なものを抱えこみましたな、新町は」

難しい顔を西海屋得兵衛がした。

「盗賊と知りながら逗留《とうりゅう》させ、町奉行所へ訴人しないというのは、あまりではございませぬか」

亨が出島屋崎右衛門の対応に不満を漏らした。

「それは違いますな」

西海屋得兵衛が首を左右に振った。

「これがそこらの旅籠だったり、商家であったならば、問題ですな。旅籠ならば、取り潰し、商家なら商い八分はまちがいおまへん。盗賊は商家にとって命である金を奪う。商人を殺すも同然の連中。もし、そんな連中をかばっていたと世間に知れたら、その店は少なくとも大坂にはおられまへん。いや、天下に居場所はおまへんやろな」

「……」

氷のような声で言う西海屋得兵衛に、亨は驚いた。

「大坂商人の代表である鴻池善右衛門はん、住友屋吉左衛門はんらが、諸大名方に回状を出したら、どこの領内にも住めまへん。今、天下の大名で大坂商人から金を借りていないお方はおまへんよって」

西海屋得兵衛が述べた。

「では、遊郭も同じではないか。それこそ、出島屋に出入りしないぞと脅せば……」

「それはあきまへん」

はっきりと亨の提案を西海屋得兵衛が否定した。

「なぜだ」

「一つは遊郭が無縁の地やからですわ」

「無縁……」

「はいな。縁のないところ。世間とは違う場所。天下の法も、大坂商人の決めごとも通じない。これは遊郭の決まりですねん」

「罪を償わなくてもよいと……」

亨は愕然とした。

「人でない連中になにを求めてはりますん」

あっさりと西海屋得兵衛が断じた。

「遊郭にいる者は、皆人別を失います。ただし、遊郭の連中は、人別がない無宿者とは扱いが違いま。無宿者は罪でっさかい、御上が捕まえて、牢屋に放りこんだり、佐渡や伊豆の金山へ送りこみます。遊郭の連中はそれでさえ、おまへんねん。死人と言うたら一番近いのかも知れまへん。死人は咎められまへんやろ」

西海屋得兵衛が語った。

「死人……」

亨は言葉を失った。

「遊郭を無縁と決めはったんは、御上でおますさかいな。その裏までは知りまへん」

軽く西海屋得兵衛が手を挙げてみせた。

「ただ、それはもう一つの理由に繋がってますやろうな」

「それはなんでござろうか」

ぐっと亨が身を乗り出した。

「あきまへんなあ、城見さま。わたくしは商人でおます。一方的な持ち出しは、ちょっと勘弁していただきたいのですわ」

西海屋得兵衛が代償を寄こせと言った。

「むう……こちらには代わりにお渡しするものがない。まさかに奉行所のなかのことをお知らせするわけにはいかぬ」

「そんなもん、要りまへんで。今日、お奉行さまが何回厠《かわや》へ行かはって、何枚落とし紙を使いはったかというのも、わかりますよって」

「な、な……」

亨は唖然とした。

「………」

西海屋得兵衛が小さく笑った。

「町奉行所の誰かが、金で飼われていると」

「誰かやおまへん。お奉行さま以外全部でんな。ああ、内与力はんも別だっせ。お奉行さまと内与力はんは、数年で代わらはりまっさかいな。金を積んでも無駄ですよって、わたくしは買いまへん。他のお方は知りまへんけど」

あっさりと西海屋得兵衛が告げた。

「……………」

亨は絶句するしかなかった。

「どうします。話はここで終わりましょうか。ここまでは、お客さまへのお土産としてただとさせてもらいますが」

西海屋得兵衛が問うた。

「聞きたいが、代償がない」

「そうでんなあ。じゃあ、どないですやろ、いつか一度だけわたくしの願いを聞いていただくということで」

「一度の願い……」

亨が躊躇《ちゅうちょ》した。武士は主君のためにある。その武士が主君をないがしろにしなければならなくなるかも知れない状況を作り出すわけにはいかなかった。

「残念だが……」

「ああ、曲淵甲斐守さまにとって損になるようなことは言いまへん。それは西海屋の暖簾にかけて誓いまっせ。城見さまお一人にかかわることと限定しますわ」

断ろうとした亨に、西海屋得兵衛が条件を付けた。

「お役目にかかわることも困るぞ」

「言いましたやろ。城見さまだけですむと。つまり、城見さまの私《わたくし》。お役目という公《おおやけ》にはかかわりまへん」

念を押した亨に、西海屋得兵衛が少しあきれた顔をした。

「わかった。一度だけであろうな」

「商人が暖簾にかけた以上、絶対に違《たが》えまへん」

強く西海屋得兵衛が首肯した。

「承知した」

亨も脇差《わきざし》の鯉口《こいぐち》を緩め、一寸（約三センチメートル）ほど抜いた後、音を立てて納めた。わざと鍔《つば》鳴りをさせて刀を納めることを金打《きんちょう》と呼び、武家では決して破らない約束をかわすときにする習慣があった。

「金打ですか、なかなか古風な作法をご存じで」

西海屋得兵衛が感心した。

「今どきのお武家さまは、そこらの半端な商人よりも、酷《ひど》いお方ばかりでございますがね。城見さまは違いまんな。さすがは、吾が孫」

「なんのことだ」

意味がわからないと亨は問うた。

「気にせんとってくださいな。さて、お話を続けましょうか。と言うても今日はあと一つだけ、遊郭に盗賊がいてくれるほうがありがたいという理由だけでっせ。そろそろお腹《なか》がすきましたよって」

西海屋得兵衛がわざとらしく腹をさすった。

「わかった」

新町まで往復している。亨も空腹を感じていた。

「盗賊たちを遊郭が売らないのは、売らせないからでございますよ」

「売らせないとは」

亨が首をかしげた。

「盗賊と知っていても、訴人しない。となれば、盗賊どもは安心して遊郭に逗留しますやろ」

「そうか。へんに市中に紛れられるよりもまし」

「さすがでんな」

理解した亨を西海屋得兵衛が褒めた。

「今日、新町を見てきはりましたやろ」

「一応というていどだがな」

亨は首を縦に振った。

「出入り口はご確認を」

「ああ。東と西だな。立派な門であった」

「他はご覧に」

「いや、気づかなかったが」

亨が見ていないと言った。

「新町にはあと五カ所出入り口がおます。ただし、これは火事のときだけに使えるもので、普段は厳重に閉じられてます。遊郭の周囲に溝がおましたやろ」

「ああ」

「あの溝はそれほどのもんではおまへん。ちょっと身軽な男やったら飛びこえられます」

「逆茂木があったぞ」

「あんなもん、見えてたらどないなとできますやろ。まあ、遊郭の脅しですわ。逃げられへんでという脅し。主に妓相手の」

亭も毎日違った男を迎えなければならない女たちが、その苦痛に耐えかねて逃げ出そうとすることがあるとは聞いていた。

「あの一筋外側に、立売堀《いたちぼり》川、西長堀川、長堀川が流れてますねん。つまり、新町遊郭は、東側以外の三面を川で囲まれている」

「それは……」

亭は気づいた。

「まるで城郭」

「はい。ただし、外から内を守るための城郭ではなく、内から外へ逃がさないためのもの。城郭というより、牢獄」

重い言葉を西海屋得兵衛が使った。

「牢獄」

大きな音を立てて、亨は唾を呑んだ。

「さあ、お話はここまでにしましょう。そこの襖の隙間から、咲江が恨めしそうな目で睨んでますわ」

西海屋得兵衛が雰囲気をがらりと変えた。

「ここでええな。咲江」

振り向いた西海屋得兵衛が、咲江に声をかけた。

「うん。おじいはん」

「お邪魔しますえ」

膳を掲げて、咲江と上品な老女が入ってきた。

「愚妻ですわ。おい、ご挨拶を」

己の前に膳を置いた老女を西海屋得兵衛が促した。

「西海屋得兵衛の妻、幸《さち》でございまする。いつも咲江によくしていただき、ありがとうございまする」

幸と名乗った老女はなまりのないきれいな発音であった。

「城見亨でござる。ご妻女はひょっとして」

「はい。江戸の出でございまする。江戸日本橋の酒問屋播磨屋《はりま》の姉になりまする」

幸が告げた。

「播磨屋といえば、下り酒で有名な」

「ご贔屓いただいておりましたならば、ありがとう存じまする」

亭の話に、幸がほほえんだ。

「とても播磨屋で酒を購《あがな》える身分ではございませぬ」

苦笑しながら亭は否定した。

「もしよろしければ、江戸へお戻りになられてから、ご贔屓にあずかりたく。西海屋の名前を出してくださいましたら、いささかのことは」

値引きすると幸が言った。

「そのときは、遠慮なく」

ここで遠慮しては、せっかくの厚意が無になる。甘えるのが嫌ならば、行かなければよいのだ。亭は礼を言った。

「さあ、冷めないうちに」

咲江が箸を取れと亭を急かした。

「お嫌でなければ、お箸を付けていただきますよう」

幸も勧めた。

「遠慮なく」

亨は箸を手にした。

豪商の膳ではあったが、さほど豪勢なものは載っていなかった。

「これは……」

二の膳にある干物に亨は首をかしげた。

「江戸ではあまり召しあがりませんか。土佐のうつぼを干したものでございまする」

「うつぼとはどのような」

武家の男は買い物をまず己でしない。欲しいものがあれば、奉公人に命じて買いに行かせるか、出入りの商人を呼んで持ってこさせるかする。貧しくとも、魚は食膳にあがった尾頭付きのものしか知らなかった。

「ご存じやおまへんか。あいにく今は、現物が店にもおませんなあ」

西海屋得兵衛が残念がった。

「まあ、海の魚やと思うていただければよろしいわ。小骨が多いので、あまりこちらでは食べまへんが、土佐ではお馴染みのものですわ。酒に漬けて干せば、小骨ごと食べられますよって」

言いながら、西海屋得兵衛がうつぼを口にしてみせた。

「いただこう」

亨も口に入れた。

「たしかに小骨もあるし、かなり歯ごたえがある。とはいえ、なかなかうまいものでございますな」

亨は感心した。

「これが幾らすると思われます」

亨の隣で給仕に付いた咲江がいたずらをするような笑みを浮かべた。

「魚を買うことがないゆえな。わからぬが、それほど安いものではなかろう」

豪商の膳に出されるくらいである。亨は高級だと予想した。

「いいえ。これは庶民でも簡単に買えるほど安いものでございまする」

幸が笑った。

「そうなのでございますか」

亨は驚いた。

「わたくしどもも、毎日魚を食べているわけではございませぬ。今日は城見さまがお出でくださったので、特別に。と申しましても、この夕暮れから魚屋に人を走らせても、なにもございませぬので、保存していたこれをお出しいたしましたが、普段は毎月十日と二十日、晦日《みそか》にしか魚は出ませぬ」

「月に三度」

「奉公人と合わせているのでございますよ」

西海屋得兵衛が言った。

「奉公人がいてこそ、店は回りますゆえな。商いは人で。やる気のない人はおらんほうがましですわ。周りにまで影響しますよって。逆に気を張っている者がいれば、皆引っ張られます。商家の主の仕事は、奉公人の志気をあげること。同じものを喰うのもそのためで」

「人……なるほど。どことも同じでござる」

町奉行所の空気を思い出して、亨は嘆息した。

亨が帰った後、茶を喫しながら西海屋得兵衛が、孫娘を見た。

「すなおなお方やな。商人には向いてないで。うちの店なら、ええとこ蔵番や」

西海屋得兵衛が亨を評した。

「そんなん、おじいはんに言われんでもわかってるし」

咲江が不服そうに口を尖らせた。

「どこが気に入ったのかしら」

祖母幸が問うた。

「最初はなあ、見た目やってん。背の高い男はんが好みやねん」

咲江が説明し始めた。

「で、話をしているうちに、ああ、この人は不器用《ぶっきよう》やなと気づいて」

「不器用のどこがええねん」

西海屋得兵衛が首をかしげた。

「うちの周りって、小器用な人ばっかりやん」

「たしかにな。町方はそうでないと務まらんわ」

孫の言葉に祖父が同意した。

「そんななかで、一生懸命お侍さんをしようとしてはる。それがなんか、みょうに目に付いて……」

「ええんか。あの人で。どうがんばっても旗本の家来で終わりやで。禄も多くない。金で苦労することになる」

「そうやねんなあ。お金がないのはきついとわかってるんやけど……」

「好きになったら別ですからねえ」

祖父の懸念に声の調子を落とした孫に、祖母が加勢した。

「うん。食べていけないというほどやないし。禄だけで言うたら、うちのお父はんより多いよって」

「余得はないで」

「わかってるねん。それこそ、同じ西町のどこかへ嫁に行くか、おじいはんの薦める商家に嫁いだほうが絶対に苦労せいへんねんけどなあ。それって、わたしやないやん。思うようにしたいねん。我慢したないし」

咲江が言った。

「甘やかしすぎたなあ」

西海屋得兵衛があきれた。

「よろしいやないですか。孫が甘えてるんです。祖父祖母が甘やかしてあげずして、誰がしますの」

「しゃあないなあ。困ったら頼っておいでや」

幸の言いぶんを、西海屋得兵衛も認めた。

「うん。そのときは遠慮なく、江戸の出店へ行かせてもらうし」

あっけらかんと咲江が笑った。

三

翌朝、亭は西海屋のことも含めて、曲淵甲斐守に報告した。

「やはり、あやつらは遊郭にいたか」

大きく曲淵甲斐守が脱力した。

「殿、どうかなさいましたか」

亭は曲淵甲斐守が慨嘆した理由を問うた。

「余が気づくのだぞ。町奉行所の者たちが気づいておらぬはずはなかろう」

「……たしかに」

言われて亨も気づいた。

「わかっていて見逃しているのはなぜか。大坂から出ていくのを待っているのか、それとも、機を見ているのか。機を見るには少し手間がかかりすぎているが」

「大坂から出ていってくれれば……」

「我らの管轄ではなくなる」

曲淵甲斐守が苦い顔をした。

町奉行所の役人たちは、どれだけ手柄を立てても出世はない。同心から与力、与力から奉行へあがってはいけないのだ。

「やる気がなくなっても当然だな」

「機を待っているのではございませぬか」

肩を落とす曲淵甲斐守に、亨は言った。

「そうであればよいがな」

曲淵甲斐守が弱々しく笑った。

「ご苦労であった」

「ごめん」

退出を促された亨は、曲淵甲斐守の前を下がった。

大坂町奉行所の内与力は、なにもしないことを求められていた。内与力のための控え室は、奉行所のなかにあるが、役宅に近いところに設けられ、隔離されているに等しかった。

亨以外の内与力は、控えで一日を過ごしていることが多かった。

「お許しが出ましたので」

謹慎を解かれてから初めて亨は控えへ入った。

「おう」

「気を付けよ」

なかにいた内与力たちが、亨に声をかけた。

「殿のところに行っていたようだが、なにか御用でも承ってきたのか」

筆頭扱いを受けている内与力が訊いてきた。

「いいえ。なにも御用はございませんでした」

亭は首を左右に振った。

「そうか」

筆頭与力がほっとした顔をした。

「おぬしがなにかすると、我らにかかわりが出る。注意いたせよ」

筆頭与力が亭に忠告した。

「どういうことでございましょう」

亭は目を剝いた。

「先日より、内政方より何一つ書付が回ってこぬ。理由を問うたが、事務上のことだとしか返答がなく、そのままになっている。ちょうど、そなたが盗賊捕縛のことで殿に謹慎を命じられた日からだ。これでは、そなたが原因だとしか思えないだろう」

筆頭与力が厳しい声で述べた。

「……申しわけございませぬ」

亭は詫びるしかなかった。

「おとなしくしておれ。そなたがなにかをすることで、殿のご出世を妨げることになるやも知れぬ。殿は大坂で終わられる方ではない」

「心に留め置きまする」

「そういたせ。父の名前にも傷が付くぞ」

「はい」

父親のことまで言われては、亨には反論できない。亨はただ頭を下げるだけであった。

そのままするこもなく、亨は控えの隅で座っていた。

「城見さまはお出ででございまするか」

昼を過ぎて廻り方同心の中村一米がやってきた。

「なんだ」

「よろしければ……」

応じた亨に、中村一米が末尾を濁した。

「わかった。行こう」

亨は立ちあがった。

「忘れるなよ」

控えを出かけた亨に筆頭与力が釘を刺した。

「…………」

無言で亨は頭を下げ、控えを後にした。

「こちらへ」

中村一米が、少し離れた小部屋へ、亨を案内した。

「どうぞ」

「ああ。で、なにか」

座るように促された亨は、腰を下ろしながら用件を訊いた。

「先日の盗賊のことですわ」

中村一米が続けた。

「ようやく居所が知れましたよってに、捕らえようと」

「そうか」

亨はあきれた。

「ご指揮をお願いできますやろうか」

「吾に捕り方の指揮を」

中村一米の言葉に、亨は目を剝いた。

「さいですわ。盗賊どもの居場所がわかった以上、放置もできまへん。かといって中途半端な準備で、拙速な対応をして逃がしでもしたら目も当てられへんということで、今すぐやおまへんねんけど」

「準備が要るのはわかる。しかし、手間をかけて逃がしては、元も子もないのではないか」

亨が身を乗り出した。

「わかってま。捕り物は、今夜のつもりですわ」

「今夜……夜は盗賊のものであろう。あやつらを有利にするだけではないのか」

中村一米の話に、亨は文句を付けた。

「昼間は新町遊郭に人が多すぎます。万一、船場や堂島の旦那衆を捕り物に巻きこんだら、お奉行さまの責任になりまっせ」

「うっ……」

主君の傷になると中村一米から脅された亨は詰まった。

「大坂の商人は、御老中さまと対で話せるお方ばかり。そんな旦那から、御老中に先日捕り物がありましたときに、一族の誰々が巻きこまれて怪我をなどと言われてみなはれ。その場でお奉行さまは罷免……」

「わかった。だが、夜は大丈夫なのか」

亨は確認した。

「ご懸念には及びまへん。ええとこの旦那衆は、遊女を買っても夜は家に帰らはります。遊郭から朝出て来るのは恥でっさかいな」

「朝帰りは恥だと……」

中村一米の説明に、亨は首をかしげた。

「朝帰りは恥やおまへんねん。ただし、遊郭からのはあきまへん」

「なぜだ」

「妾《めかけ》を囲う金もないと思われますよって」

中村一米が答えた。

「妾……」

「そうですねん。ちょっとした商家ともなると、遊女を買うより妾を囲うんですわ」

「妾を囲うとなれば、金もかかろう。妾宅の準備や、手当や、妾に付ける女中の給金とか。その点、遊郭だと一度あたりは高く付くだろうが、月にそう何度も通わなければ、安くすむはずだ」

大坂商人は無駄遣いをしないのだろうと、亨は言った。

「欲望を発散するだけなら、そうですやろうなあ。でも、遊女に疲れを癒すことはできまへん。わかりまへんか。遊女はいつ誰の相手をするかわかりまへんねんで。それこそ、商売敵《がたき》と寝ることもある。そんな遊女相手に、商売の愚痴なんぞ言えませんやろ。遊女には肉欲しかはき出せないんですわ。その点、妾は己以外の男と寝まへん。睦言《むつごと》でどのようなことを口にしても大丈夫」

「妾が睦言を売ることは……」

亨が訊いた。

「ないとは言えまへんが、やったら終わりですわ。二度と妾はできまへん。閨《ねや》でのことを外に漏らす女なんぞ、抱きたいと思う男はおりまへん。だいたい妾なんぞになろうかという女でっせ。まともに働く女なわけはおまへん。ちょっとお面がいいだけで、楽をしてきた女が、妾ができなくなったら……」

「生きていけぬか」

「ですな」

中村一米がうなずいた。

「よって、ちょっとした商家の旦那は、皆妾を囲うてますねん。なかには三人、四人囲うてる大旦那もいてはります」

「妾は、商家の見栄と実だと。では、なぜ、遊郭へ行く」

「接待です、一つは。お得意先を遊郭に招いて、呑ませ、喰わせ、抱かせる。ここまでされたら、言うこと聞かなあかんですやろ。遊郭も商売の場ですわ」

「もう一つは」

亨が促した。

「先ほども申したのと同じですねんけどね、町の噂を集めるためでんな。遊郭ほど、町の噂が集まるところはおまへんよって」

中村一米が述べた。

「まあ、事情はこんなもんですねん。で、捕り物は夜となりました」

「承知いたした」

説明を受けた亨は納得した。

「なにか用意するものはござるか」

「城見さまは、いつも通りで結構ですわ」

問うた亨に中村一米が告げた。

「こちらから声をかけさせてもらいますよって、夕七つ（午後四時ごろ）には、控え部屋に」

「わかった」

首肯した亨は、小部屋を出た。

「……行ったかいな」

隣との襖が開いて、大坂西町奉行所筆頭与力にあたる立入《たちいり》与力須藤健三郎《すどうけんざぶろう》が顔を出した。

立入与力は、大坂城代のもとへ出入りし、直接その用を承る。禄高以外に、大坂城代から手当を支給される。次の老中といわれる大坂城代と直接会えることもあり、筆頭与力として奉行所の役人たちを纏《まと》めていた。

「あれでよろしゅうございますか」

「よろしかろう」

　確かめた中村一米に、須藤が首を縦に振った。

「若いのは真面目に生きようとするだけに面倒やな」

「とくに江戸者は、道理がわかりまへんよって」

　ため息を吐く須藤に、中村一米が同意した。

「江戸は江戸。大坂は大坂。それぞれに決めごとがあるとわからへん。江戸者は、どうしても江戸の決まりを大坂にも押しつけてくる。武士は民の上に立ち、導く者などと勘違いしておるよって……義は吾にありとばかりに、動きたがる」

「ですわ。盗賊なんぞ放っておいたら、そのうちどこぞへ行くっちゅうのに、わざわざ捕まえたがる。捕り物なんぞ、百に一つの儲けもない。どころか、捕り方に怪我人が出ることもおます。下手したら死人も出かねまへん。そこまでして捕まえるほどのもんでもおまへんのに」

　中村一米が首を左右に振った。

「怪我人や死人が出たら、奉行から見舞いの金一封が出る慣習やけど、中身はせいぜい一両、酷いやつになると二分金一枚のこともあるしなあ。盗賊に狙われたんが立ち入り先でなければ、いくら息子が跡を継げるとはいえ、割合わん」

須藤も嘆息した。

「よろしかったんで」

「今日の捕り物か」

中村一米の問いに、須藤が確認した。

「しゃあないわ。あの盗賊が新町にいてるのは、とうに知れていた。それを奉行が知ってしもうた。なにがどうなって奉行の耳に入ったんか、一回調べなあかん。目付あがりの切れ者やさかい、それくらい読んでたんかも知れへんけどな。まさか、奉行所の誰かが、機嫌取りしたわけやないとは思うが……」

一瞬須藤の目が光った。

「まあ、裏切り者を探すのは後回しや。それより、あの奉行を江戸へ送り返すほうが重要やろ。歴代の奉行と違って四十歳そこそこで就任したほどの出来物や。五十半ばで大坂へ来た連中とはものが違う。大坂で上がりやから、もめ事を起こさず、余得だけもらえばええという奉行は楽やねんけどな。ちょっとした金で、見て見ぬ振りしてくれるよってな」

須藤が小さく首を左右に振った。

「曲淵甲斐守はそうはいかへん。なんせ若い。当然、もっと上を見てる。大坂でも手柄を立てたがるのは無理ないで。物価に口出しもしてくると、諸色方が鬱陶しがってるとも聞いてる」

「諸色方の西さんが、泣いてはりましたわ。この金額になった理由を書いて出せとか、急に高騰したのは、なぜだと訊いてくるとか」

中村一米が言った。

「そうやろ。ええ加減迷惑やで」

一度須藤が言葉を切った。

「よって大坂からさっさと出ていってもらうように、こっちも協力しようというこっちゃ。今回の捕り物は、その一つ」

「わかってます」

目つきを真剣なものに、中村一米が変えた。

「恩を着せるつもりでな。はっきりとした手柄にせんならん。今までみたいに、とりあえず捕り方を出して、盗賊退治をしようとしましたという茶濁しはあかん。きっちり、捕まえてみせな」

「お任せを。すでに新町は四方を固めてますよって、逃げ出すことはできまへん」

「出島屋は大丈夫やな」

須藤が念を押した。

「大丈夫です。もともとあの若造が新町へ入ったのを報してくれたんは、出島屋ですよって。裏切るようなまねはしまへんやろ」

「出島屋が客を売ったことにもならへんしな。内とはいえ、町方の与力が新町で盗賊の一味を見かけたんや。誰も出島屋が訴人したとは思えへん」

須藤が納得した。

「西の娘もうまいこと誘導したみたいやな。あの若造一人で新町へ行かしたなら、盗賊を見かけた段階で御用やと叫んだに違いないでな」

「そんなまねされてたらと思うと寒気がしますわ。夕方、もっとも旦那衆の接待で賑わっている新町で西町奉行所が騒動起こしたなんぞ、想像しただけでぞっとしますわ」

大きく中村一米が震えた。

「そうなったら今ごろ立ち入り解除の通達が山ほど来たやろうなあ」

須藤も大きく息を吐いた。

「ほな、任したで」

「はい」

中村一米が引き受けた。

四

曲淵甲斐守に捕り物に出ると亨は報告した。

「ほう。中村がな」

一瞬だけ、曲淵甲斐守の瞳が光った。

「わかった。ぬかりのないようにいたせ」

「はっ」

亨は頭を下げた。

「あと、現場のことは中村にさせよ。そなたは、少し離れたところで、盗人が包囲を抜けて逃げてこぬように見張っておれ」

「手を出すなと」

主君の命に、亨が困惑した。

「いや、逃げてきた者がおれば、遠慮なく退治してよい。ただ、捕り方の突入の機をはかるなどの実務は、慣れている中村がうまくできよう」

「それは……」

若い亨は不満げな口調になった。

「夜の新町遊郭に足を運んだことさえなかろうが。そなたは地がわかっておらぬ」

「昨日見て参りました。地勢はおおよそ記憶しておりまする」

亨が反論した。

「それだけではないわ。捕り方の顔を全部知っておるか。小者たちのことはどうだ。得意な得物はなにか、誰が足が速いか、武術に優れている者は……そなたは把握しているというのだな」

「……いいえ」

叱られて亨は肩を落とした。

「他所者《よそ》なのだぞ、そなたは。一度見たくらいで路地の奥まで覚えられるはずはなかろう。配下の者たちの素質も同じ。そなたは客だ。客が他人の家の台所で料理をするか。せぬだろう。なにより」

曲淵甲斐守が声を落とした。

「そなたが余計な口出しをして、盗賊を逃がしてみよ。余は、明日から奉行所の者どもになにも言えなくなるであろうが。家来の不始末は主の責ぞ」

「申しわけございませぬ」

言われて亨は謝るしかなかった。

「わかったならば、今夜に備えて身体を休めておけ。うじうじと悩むなよ。心の疲労で、隙ができましたは、許さぬ」

「はい」

厳しく言われた亨は、長屋へと戻った。

主命とはいえ、眠ることなどできなかったが、それでも目を閉じて横になるだけでもかなり違う。

「そろそろだな」

一刻（約二時間）ほどして、亨は起きあがった。

「少し身体を緩めておこう」

脇差を手に、亨は長屋の庭に出た。庭には家計の足しにと大根や葱《ねぎ》が植えられている他、代々受け継がれてきた梅の木などもある。太刀を思い切り振るうには、少々手狭であった。

「……ふう」

軽く小半刻（約三十分）ほど素振りをして、亨は脇差を鞘《さや》へ戻した。

「頼む」

縁側で見ていた萩に脇差を手渡した亨は、ふんどし一つになると庭の井戸で水を浴び、身を清めた。

「お食事はいかがなさいます」

身支度を手伝いながら、萩が問うた。

「夜遅くなるであろうからな。湯漬けだけでも腹に入れておく」

亨は湯漬けを求めた。

町方にとって、捕り物は戦場である。戦場で腹を鳴らすのは、恐怖で飯も喉に通らない臆病者として嘲笑された。かといって腹一杯食べて動きが鈍くなるのも心得がないとされた。

「行ってくる」

湯漬けをかきこんだ亨は、両刀を腰に差して、内与力控え室へと向かった。

夕刻が近いためか、控えには誰もいなかった。

「城見さま」

「おう」

待つほどもなく、中村一米が誘いに来た。

「惣出役では目立ちますので、廻り方だけで対処いたしまする」

中村一米が告げた。

「すべておぬしに任せる。甲斐守さまより、少し離れたところで漏れの対処をせよと言われた」

新町遊郭へと足を進ませながら亨は告げた。

「承知」

緊張しているのか、中村一米の返答もいつものような軽さを失っていた。

新町遊郭に着いたときは、まだ日が暮れてはいなかった。

「城見さまには、東門をお願いいたしま」

中村一米が配置を告げた。

「裏でなくてよいのか」

東門は新町遊郭の表門になる。間口も広いが、人通りも多い。門を入った左手には、遊郭の男衆が詰める番所もあった。よほどのことでもないかぎり、捕り方に襲われた盗賊が逃げてくるとは思えなかった。

「こっちのほうが、危ないんですわ。裏には人手を多めに回しますよって、ここは城見さまと小者一人で」

手薄になると中村一米が言った。

「二人、実質、一人で守れというわけだな」

「そういうことで」

中村一米が短く応じた。

「……わかった」

亨はそれ以上言わなかった。

「捕り物は、六つの鐘を合図に始めますよって」

緊張した表情で、中村一米が離れていった。

「なかに入れないためか……」

中村一米の姿が東門のなかへ消えてから、亨は呟いた。

「へえ……気づいてはりましたんや」

亨に付けられた小者が感心した。

「そなたは」

名前も聞いていないことに亨は気づいた。

「末吉《すえきち》というもので」

小者が応じた。

「名前の通り末っ子で、分けてもらうほどの暖簾もなく、こうやって奉行所の下働きで、食べているというやつですわ」

末吉が語った。

「そうか。拙者は……」

「内与力の城見さまでっしゃろ。知ってま」

　名乗ろうとした亨を末吉が遮った。

「身分も違いますし、いずれ江戸へ帰らはるお方でんがな。仲良うなる意味おまへんよって、どうぞ、そのまんまで」

　末吉が嘯《うそぶ》いた。

「……………」

　亨はあきれた。小者が武士に対して取っていい態度ではなかった。

「言いつけてもろうてもよろしいで。放逐はされまへんよってな」

「どうしてそう言える」

　断罪されないと言い切る末吉に、亨は問うた。

「言えますかいな。まあ、嘘や虚勢でない証拠に、一言だけ。金でんな」

　末吉が笑った。

「金だと……」

「あとは考えておくれやす。ああ、心配しはらんでも、自分の身くらいは守れま。足手まといにはなりまへん」

末吉が追及を断った。

「………」

亭は黙った。曲淵甲斐守の言った他所者という意味が身に染みた。

かつて東門は新町遊郭唯一の出入り口であった。今は船場の商人たちへの気配りから西門も設けられ、そちらも使えるようになったが、やはり東門を通る客のほうが多い。

暮れ六つが近づくと、帰途に就く客が増えた。

「そろそろ始まりまっせ」

大坂の城下に暮れ六つ（午後六時ごろ）の鐘が響いた。末吉が手にしていた六尺棒を握りなおした。

新町遊郭は、一夜中開いていた。西門は深夜子《ね》の刻（午前零時ごろ）に閉じられるが、東門はそのまま開かれていた。これは、門限のある武家の多い江戸の吉原との大きな違いであった。

出島屋が、暖簾から顔を出し、外にいた中村一米にうなずいてみせた。

「浪人二人、無頼二人だな」

「へい。それぞれに妓の部屋におりますわ」

確認された出島屋崎右衛門が告げた。

「妓を離せ」

「呼び出しをかけまっさ」

出島屋崎右衛門が言った。

人気のある妓は、客がかさなることも多い。これを回しと言うが、回しを断るには、相応の金を積まなければならなかった。独占する金を出さなくても最初に妓を買った泊まり客が優先される。一晩、明日の朝まで、妓の添い寝を受ける権利があった。ただ、回しを求めた客があれば、少しの間妓を貸す義務もあった。回しを嫌がると妓から心の狭い客だと嘲弄されるというのもあり、泊まりで揚がっている客は、半刻（約一時間）ほど妓の帰りを待つのが遊郭の決まりであった。

「四人の妓が部屋を出るのと同時に踏みこむ」

中村一米が、後ろにいた同僚と小者を呼んだ。

「鈴木はんと丹羽《にわ》はんは、小者三名を連れて、ここで待機してください。窓から逃げ出されてはことでっさかいな」

追いつめられた盗賊は二階からでも飛び降りる。中村一米が万一の備えを同僚に頼んだ。

「任せえ」

「逃がしはせんで」

鈴木と丹羽が、出島屋の二階を見張れる場所へと移った。

「残りは、わいと一緒に二階へ。四畳ほどの狭い部屋やよって、大人数で入るわけにはいきまへん。なかへ踏みこむのは二人や。一人は障子を開けて、その場に残り、出入り口を守ってくれ」

細かい動きを中村一米が指示した。

「うむ」

「へい」

なかへ突っこむ連中が首肯した。

「殺してもかまへんから、逃がしなや。一人でも逃がしたら、いつか復讐に戻ってくるさかいな。どうせ、形だけのお調べで首の飛ぶ連中や。遠慮は要らん」

中村一米が、手を振った。

「撃ちこめ」

捕り方たちが、出島屋へ突っこんだ。

「なんだ」

「捕り方だ」

たちまち盗賊たちは大騒動になった。

「逃げろ。大坂を売るぞ」

頭分が大声で指示した。

「待ち合わせはどうする」

「そんなもん、生きて逃げられた者が考えたらよろしいわ」

伊波の問いに、頭分が言い返した。

「わかった。達者でな」

首肯した伊波が、飛びこんできた捕り方を蹴り飛ばした。

遊郭のなかに刀は持ちこめなかった。武士の両刀は、下足番に預けるのがしきたりである。とはいえ、盗賊が無手なわけはない。誰もが懐に隠せる小刀を所持していた。

「邪魔だ」

伊波が小刀を振った。

「ひゃあ」

軽くかすられた捕り方が悲鳴を上げ、陣形を崩した。

「一緒に行かせてくれ」

もう一人の浪人が伊波に声をかけた。

「付いてこい、西野」

伊波が窓を蹴り破った。

「逃がさへんで」

「邪魔だ」

下で待ちかまえていた捕り方たちは、伊波と西野の連携に翻弄された。

「手強い。誰か刺《さ》す股《また》を持ってこい」

槍の穂先の代わりに二股になった金具がついている捕り方の道具が用意された。

二股の間に突起があり、それを小袖に引っかけて搦《から》め捕《と》るのだ。

「あほうが」

刺す股を見た伊波が笑った。

「こいつを捕まえておけ」

近くにいた町奉行所の小者を身代わりに、刺す股のなかへ投げこんだ。

「あっ」

ひとたび絡んでしまえば、それを外すまで刺す股は使いものにならなくなる。

「行くぞ」

伊波が捕り方の包囲網を破って駆け出した。

「おう」

西野も従った。

末吉の表情が引き締まった。

「騒ぎは収まるどころか、近づいてきてる。これはあかんな」

「どういうことだ」

「こっちに来よるっちゅうことですわ」

訊いた亨に答えながら、末吉が手にしていた三尺（約九十センチメートル）ほどの棒を構えた。

「失敗したのか」

亨も太刀を抜いた。

「相手が上やったんと違いまっか……来た」

末吉が注意を促した。

「詰め所はあてにしたらあきまへんで。門から外には出てきまへんし、まず、捕り物に手出しはしませんよって」

「なんのための詰め所だ」

「足抜けとただのりを捕まえるだけでっせ。行きま」

東門を駆け抜けてきた二人の浪人目がけて末吉が出た。

「おう」

続いて亨も走った。

「外にまでいやがったか。西野、小者を任せた」

「わかったが、小刀ではちと棒の相手は辛い」

伊波の指示に西野が嫌な顔をした。

「生き延びたかったら、どうにかせい」

見捨てるように言って、伊波が亨目がけて突っこんできた。

「邪魔するな。黙って見ていれば殺さぬ」

「黙れ。神妙にいたせ」

わめくように言う伊波に亨は太刀を構えた。

「くらえっ」

駆けてきた勢いのまま伊波が身体をぶつけてきた。

「ふん」

亨は足を送って身体を開き、突き出された小刀の切っ先を流した。

「にやり」

立ちふさがっていた亨が横に避けた。正面が開いたと伊波が喜んで駆け抜けようとした。

「えい」

逃がすまいととっさに亨は太刀を低めに薙いだ。

「あつうう」

背中を向けていた伊波のふとももを亨の一刀は裂いた。身体を開きながら逃げる相手を追撃したのだ。傷は浅かったが、その足を止めるには十分であった。

「くそおお」

転んだ伊波が小刀を振り回して暴れた。

「…………」

その様子を亨は少し離れたところで見つめていた。すでに足に傷を負わせている。もう逃がす心配はない。ただ、地に伏せている敵は面倒であった。こちらの切っ先はかなり近づかないと届かないが、向こうの刃先はこちらの臑《すね》から下に攻撃できる。

「なにしてはりますん」

末吉が近づいてきた。

「そちらはどうした」

「匕首《あいくち》なんぞ、棒の敵やおまへん」

棒の先で末吉が倒れている西野を指した。

「殺したのか」

「息はしてますけどな。首をどつきましたよって、気が付くかどうかは」

末吉が冷たく述べた。

「捕まえねばならぬのだろう」

「どうせ、死罪ですがな。後で死ぬのも、今逝くのもさして変わりはおまへん。変に仏心出して逃がしてみなはれ、またぞろ誰かが被害で泣きま」

末吉が淡々と言った。

「その割に捕まえようとなかなかしなかったようだが……」

「知りまへんがな。そのあたりは与力はんとかが決めはるこって」

「………」

亨は絶句した。

「ちくしょおお」

力尽きた伊波が絶叫した。

第三章　江戸の風

一

抵抗が激しく、生きて縄を打てたのは伊波と頭分の二人だけという悲惨な結果になったが、捕り物は一人の逃亡も許さず成功裏に終わった。

「よくやってのけた」

曲淵甲斐守を大坂城代松平和泉守乗祐《まつだいらいずみのかみのりすけ》が褒めた。

「ありがとうございまする」

大坂城本丸表御殿の大広間に呼び出された曲淵甲斐守が平伏した。

松平和泉守は、大坂城代になって五年になる。父松平左近将監乗邑《さこんのしょうげんのりさと》が九代将軍家《いえ》重《しげ》に嫌われ、老中を罷免、隠居謹慎を命じられたことで家督を継いだ。その影響で遠州から奥州へ転封され、長く無役と冷遇された。藩主となって十五年、やっと奏《そう》者番《しゃばん》兼寺社奉行に任じられるとたちまちその優秀さを認められ、わずか四年で大坂城代へと抜擢された。

大坂城代は、西国大名の監視と大坂の守衛を任とする。京都所司代と並ぶ重要な役目であり、大坂城代から老中へと出世していった者も多い。

「大坂町奉行は大坂城代の配下ではなく、老中支配ではあるが、大坂の治安は城代の責でもある。盗賊どもの跋扈《ばっこ》など許せるものではない」

「仰せの通りでございまする」

松平和泉守の言葉に、曲淵甲斐守が首肯した。

「おぬしほどの人材を大坂で埋もれさせるのは、御上の損失である」

「畏《おそ》れ多い。わたくしごときではなく、和泉守さまこそ、加判《かはん》として幕政をお支えいただかねばなりませぬ」

称賛された曲淵甲斐守が世辞を返した。加判とは老中の別称である。

「うむ。余も微力ながら、御上のために働きたいと思っておる」

言いかたに気を遣いながらも、松平和泉守が野望を口にした。

「余が天下を動かし、そなたがお膝元を守る。これができれば、幕府は百年安泰であろう」

「もちろんでございまする」

一緒に出世していかないかという松平和泉守の誘いに、曲淵甲斐守は乗った。

「そのためには、まず、大坂の城下が安定していなければならぬ」

足下が不安定であるのに、二階へ上がるはしごを掛けるのはまずいと松平和泉守が言った。

「商家の者どもから不平が出るようでは、話にならぬ。なにかとうるさいでの」

「承知いたしておりまする」

松平和泉守の言葉に、曲淵甲斐守は同意した。出世というのは数少ない席を争うことである。たった一つの落ち度でも致命傷になりかねなかった。

「大坂の町の治安に全力を尽くしまする」

曲淵甲斐守が、大坂の治安を比喩に使って失敗しないと応じた。

「頼むぞ」

「お任せを」

松平和泉守と曲淵甲斐守が顔を見合わせた。

「うむ……むうう」

うなずきかけた松平和泉守が、胸を押さえた。

「いかがなされました」

曲淵甲斐守が驚いた。

「ここ半年くらいのことだが、胸が時々痛むのだ。なに、じっとしていれば、数瞬で消え去るゆえ、さほどのものではないと思うが」

「ご城代は激務だと伺っておりまする。どうぞ、無理はなさいませぬよう」

「そうは言うがの。余は最初に躓《つまず》いておる。父が罪を得たおかげで、かなり遅れているのだ。普通通りの仕事をしていては、追いつけぬ」

曲淵甲斐守の気遣いに、松平和泉守が首を左右に振った。

「ではございましょうが、お身体を壊されては元も子もございませぬ」

「たしかにそうじゃな。わかった。気遣いかたじけなく思うぞ」

松平和泉守が感謝した。

「江戸へ帰るぞ」

「はい」

松平和泉守の宣言に、曲淵甲斐守も首を縦に振った。

約束通り松平和泉守は、曲淵甲斐守の功績を江戸に伝えた。

「さすがは甲斐守である」

大坂が面倒な地であることは、幕閣も承知している。曲淵甲斐守に、老中から一層奮励するようにとの書状が届けられた。

「奉行のもとにご老中さまの書状が来た。どうやらお褒めの書状らしい」

たちまち西町奉行所に、噂が拡《ひろ》がった。

「よし、もう一押しやな」

筆頭与力須藤健三郎が口にした。

「今度はどうしましょう」

中村一米が策を問うた。

「紀州屋の話を使おう」

「……紀州屋。米相場の」

須藤の話に、中村一米が確認した。

「そうよ。紀州屋が、先日、儂を呼んでな。酒を呑みながら、わざとらしくぼやいてみせたのよ」

「ぼやいたとは」

中村一米が訊いた。

「その前に、そなた紀州屋のことをなにか噂で聞いておらぬか」

「最近、相場を外して、かなりの損を出したと」

尋ねられた中村一米が告げた。

「ああ。どうやら読みを外したらしく、千両をこえる大損を出したらしい。そして、その紀州屋が失った金を儲けたやつがいる。備中《びっちゅう》屋だ」

「……備中屋……回船問屋の」

さすがに中村一米も知っていた。

「うむ。去年株を買って堂島米会所に入ったらしい」

須藤がうなずいた。

堂島の米会所は享保十六年（一七三一）に株仲間四百四十一人をもって正式に発

足し、株を持たない者は、米相場に参入できないようにしていた。

相場である。当然、勝ちもあれば負けもある。勝ち続けて、大きな身代を築いた者がいる代わりに、読みをまちがえてすべてを失った者もいた。

身代すべてを失った相場商人に残されるのは、株だけである。借財最後の整理として、泣く泣く株を売り、米会所を去る。その代わりに、あらたな商人が株を所得して、参加する。

こうして備中屋は、米会所に入った。

「詳しくは聞いちゃいねえが、紀州屋の裏にばかり備中屋は張るそうでな」

「あまり良い気分のもんやおまへんな」

中村一米が納得した。

裏を張るとは、相手の反対に相場を読むことである。紀州屋が米は下がるとして、今手持ちの米を売れば、備中屋は買いに走り、紀州屋が買い出せば、売りに回る。まったく正反対の行動を取る。

「己が損をして、相手が儲けたとあってはいい気はせんわな。しかも、それで備中屋が稼いでいるもんやから、なんでも最近では、紀州屋の裏に張るのが流行しているらしい」

「そらかないまへんな。相場打ちは、あの人と同じ動きをしていたらまちがいないと思われて一流。反対に張られるようになったら、金主も付きまへん」

中村一米が嘆息した。

金主とは、紀州屋や備中屋に資金を預ける大金持ちのことだ。手数料を払うことで、相場を任せ、儲けをもらおうとする。当たり前のことだが、金を預けた相場商人が失敗すれば、財産を失う。金主たちは、鵜《う》の目鷹《たか》の目で、金を預ける相手を見極めようとしている。勝てると噂になれば、手数料もあがる。紀州屋にとって、弱いという噂は致命傷になりかねなかった。

「で、まあ、泣きつかれたわけや」

須藤が経緯を説明した。

「なるほど。で、それをどうすると」

「紀州屋は立ち入り金をくれているでな。守ってやらなあかん。紀州屋が潰れたら、実入りが減る。対して、備中屋はうちにも東町にも金を納めてへん。いわば、客やないわけだ」

「……………」

　簡単に言う須藤に、中村一米が黙った。

「備中屋は回船問屋を今でも続けてる。まあ、店は番頭に任せて、己は米相場に専念してるらしいがな」

「回船問屋のほうを攻めると」

　すぐに気が付かないようでは、町方は務まらない。中村一米が応じた。

「そうや。相場は勝とうが負けようが、手出しできひん。勝ったからといって罪にしたら、米会所はなりたたへん。米会所を敵には回されへんしな」

「あそこは大きな金蔓《かねづる》ですさかい」

　中村一米も首肯した。

　米会所は一時大坂商人から江戸商人に奪われていた。堂島の大火で会所が焼け落ち、その被害を回復させようとしている隙につけこまれてしまい、新しい米会所の開業認可が江戸商人に下りてしまったのだ。米相場での売り買いに伴う手数料のほとんどを江戸商人に吸い上げられる形になった大坂商人たちは、江戸町奉行大岡越前守忠相《ただすけ》に嘆願を重ねた。これは、堂島米会所の会頭が江戸商人であったため、大坂町奉行所ではどうにもできなかったからである。

幸い、道理をわきまえた大岡越前守によって、堂島米相場は大坂商人のものと決められ、江戸へ儲けを奪われなくなったが、数年の失敗は大きな教訓となった。

堂島の米会所は、二度と江戸商人に口出しをさせないよう、大坂東西両町奉行所に多額の金を送り、その庇護を願っていた。

「どうしましょう」

中村一米が問うた。これも処世術であった。いわば、奉行を江戸へ放り出すための手だてを講じているのだ。もし、曲淵甲斐守に知られれば、いかに出世の一助となるとはいえ、無事に見過ごされるという保証はない。ここは、提案ではなく、指示を受けて動くという形を取るのが、小役人として正しいものであった。

「ふん」

老練な筆頭与力が、同心のそんな姑息な考えに気づかないはずもない。須藤が鼻を鳴らした。

「一蓮托生《いちれんたくしょう》だとわかっておるか」

須藤が声を低くした。

「……はい」

筆頭与力に睨まれて良いことはない。さすがに世襲の同心役を取りあげることまではできないが、余得の少ない役目へ飛ばすことはできる。

中村一米は弱々しい声で認めた。

「まあいい。どちらにせよ、逃がしはせぬ。備中屋が米会所の株を買うだけの金をどうやって生み出したか、それを探れ」

厳しい口調で、須藤が命じた。

米会所の株は四百四十一しかない。一人で三つも四つも持っている創設以来の商人もいるため、実質は二百ほどである。その二百を奪い合っているに等しいのだ。株一つに一万両という話も聞こえてくるほど、需要と供給の均衡は崩れていた。破産した商人から買い取るにしても、狙っている商人は多いのだ。相応の金は要った。

「回船問屋が大坂へ来て数年で会所の株を買えるくらいの財を貯める」

「普通にしていたら無理ですわ」

中村一米が言った。

「となれば……」

「……承知いたしましてございまする」

中村一米が緊張のうちに引き受けた。


亨は捕り物の最中、やむをえなかったとはいえ一人の浪人を斬った。剣術道場の試合とはまったく違う遣り取りの緊迫感と、人の肉を斬った感触に亨は煩悶していた。相手はその傷で死ななかったが、奉行所に捕らえられ、近いうちに死罪になった。

「血の臭い」

亨は噴出した血液の鉄さびに似た臭いを忘れられないでいた。

「若旦那さま……」

さすがに寝込むほどではないが、意気消沈している亨に、萩が眉を曇らせていた。

「おはようございます」

そこへ咲江が訪れた。

「咲江さま……」

「まだ、戻ってきはりまへんの」

萩の様子で咲江が悟った。

「はい」

小さな声で萩が認めた。

「ふううう」

咲江が大きく息を吐いた。

「ちと気張ってきますわ」

「お願いいたしまする」

萩が一礼した。

咲江が亨の籠《こ》もる部屋の襖をいきなり引き開けた。

「な、なんだ。咲江どのか。いくらなんでも不意に入ってくるのは、失礼であろう」

亨は驚いて、抗議した。

「なに言うてはりますん。今はもう四つ（午前十時ごろ）ですえ。奉行所へ出務されているはずの刻限。いてはるはずおまへん。いてない人に入室の許可を取るわけないですやろ」

咲江が言い返した。

「むっ……」

理に亨が詰まった。

「なにしてはりますん」

畳を滑るようにして近づいた咲江が、亨の目の前に腰を下ろした。

「なにもしておらぬ」

あまりに近い咲江に、亨は戸惑った。

「なんでですの。やることは一杯あるはずです」

咲江が詰め寄った。

「……やる気にならぬのだ」

睨んでくる咲江から、亨は目をそらした。

「なにがおましたん」

咲江が直截《ちょくせつ》に訊いてきた。

「たいしたことではござらぬ」

亨は拒んだ。

「たいしたことやないのに、そのご様子とはなんとも情けない」

はっきりと亨に聞こえるよう、咲江がため息を吐いた。

「無礼であろう」

さすがに亨は激した。

「女を怒鳴るだけの気力はお持ちですねんなあ」

「うっ……」

氷のような目で見る咲江に、亨は詰まった。

「先日の捕り物ですやろ」

「…………」

的中された亨は黙った。

「男はんは、つごう悪うなったら、黙らはりますなあ」

咲江が嘆息した。

「うちの父と一緒ですやん。他所の女《おなご》はんに手出したんが、お母はんにばれたときと」

「…………」

亨は沈黙を続けるしかなかった。

「父の浮気とは話が違いますわなあ。浮気やったら母が許せばすみますけど、城見はんの場合は、誰に助けてもらうおつもりで」

「……くっ」

痛いところを突かれた亨は唇を噛《か》んだ。

「わたくしが許せば楽になるんやったら、なんぼでも許しますけど……」

語尾を弱めながら、咲江がうつむいた。

「……咲江どのには、かかわりがない」

絞り出すように亨は述べた。

「なにがあったかは、聞いてます」

咲江が静かに言った。

「人を斬りはったんだそうで」

「うっ……」

亨は呻《うな》った。

「逃げそうになった盗賊を、やむをえず斬られた」

「………」

「もし、盗賊が逃げていたら、どうなったと思わはります」

「どうなったと……」

咲江の言葉に亨は問いかけた。

「泣く人が一杯出ましたやろうなあ」

「……泣く人が」

「そうです。ほんまもんの盗賊は、捕り方に襲われたら、必死に逃げますわ。なんとか生き延びようといたしますねん。しかし、盗賊の一味の浪人たちは違いますねん。そこまで落ちた浪人者は、やけっぱちになりよります。なにせ、盗賊に寄生することで生きてきたんですよって……その手立てがなくなった。となれば、どうなると」

「わからぬ」

訊いた咲江に、亨は首を左右に振った。

「逃げるには金が要りますやろ。そして、もう顔も名前も奉行所に知られております。となれば顔を隠すこともなく、無茶しますねん」

「それは……」

「辻斬りに押しこみ、もう際限がなくなり、人を殺す」

「…………」

咲江の話に、亨は絶句した。

「城見さまは、それを防がれたんです。いえ、無辜《むこ》の民を救った」

「吾が……救った」

亨は繰り返した。

「城見さまが、あそこで斬りつけたからこそ、懸念はなくなった」

一度切ってから、咲江が続けた。

「町方のお役目でございまする。庶民の安寧をはかることこそ、町方のお役目」

咲江が繰り返した。

「町方の役目を果たした」

「さようでございます」

咲江が首肯した。

「浪人が町奉行所で首を討たれるのは、自業自得」

じっと咲江が亨の目を覗きこんだ。

「誇ってくださいませ」

武家の女らしい姿勢に、咲江が正した。

「あなたさまは、庶民を守ったのでございまする」

咲江が亨をあなたと呼んだ。

「守ったのか……」

それにも亨は気づかなかった。

「お食事の用意をして参りましょう」

すっと背筋を伸ばした咲江が、きれいに腰を折った。

「うるさいだけの女ではなかったな」

居室から出ていった咲江を見送った亨は、床の間に立てかけていた太刀を手に取った。

「この曇りは、人を傷つけた証。そして、民を守った誇り」

太刀の刃に残った血曇りを亨は見つめた。

「一応の拭《ぬぐ》いはかけたが、手入れしてやらねばな」

亨は太刀の隣に置いていた手入れ道具から、鹿の裏皮を取り出した。

太刀は鉄のかたまりである。水気が付くとさびてしまう。水よりも塩気を含む血は、より悪い。そのうえ、脂が多いので、そう簡単には取れないのが血であった。

「しっかりと取るには、研ぎに出さねばならぬが、差し替えがないゆえ、手放せぬ」

鹿皮に力をこめて亨は刀身を磨いた。

武家には差し替えという予備の太刀があった。城見家にも、銘刀ではないが差し替えの太刀はあった。とはいえ、重い太刀を大坂まで持ち運びすることはない。亨の手元にはこれしかない。新たに買うとしても、まともに使えるものとなれば、数十両からかかる。とてもそこまでの余裕はなかった。

「若旦那さま。お食事をお持ちいたしました」

萩の声がした。

「入っていい」

応じながら、亨は太刀を鞘に戻した。

「どうぞ」

膳をささげた萩と、お櫃《ひつ》を抱えた咲江が入ってきた。

「いい匂いだ」

亨はあれからなにも食べていないことを思い出した。

「いただこう」

誰にともなく頭を軽く下げて、亨は箸を取った。

二

回船問屋には大きく分けて二つあった。いくつかの大名や商人と契約して、そこの荷物だけを扱う店と、契約以外にその場限りの荷物も請け合うものである。

備中屋は後者であった。

「長崎からの船が、沖に着きましたで」

「小舟で受け取りに行かせんかい」

備中屋の番頭が、指示をした。

大坂湾は大きな船を受け入れられる。だが、大坂の川は広くとも、水深が浅い。

大きな船を店の前に着けることはできなかった。

「へい」

「わかっているだろうけど、ちゃんと布を掛けるんだよ。見られちゃまずいからね」

「ぬかりございやせん」

命じられた奉公人が、小さく笑った。

回船問屋はどこも大きな蔵と桟橋を備えていた。備中屋は、堂島川のなかほどに船着き場を持っていた。

「揚げよ」

桟橋に着いた小舟から、菰《こも》に包まれた荷物が陸揚げされた。

「番頭さん、これを」

荷物の最後に、両手に載るほどの木箱が渡された。

「…………」

無言で受け取った番頭が、急ぎ足で店へ入った。

その様子を対岸で一人の男が見ていた。さりげなく川の流れを見ているような振りをしていた男が、番頭の姿が消えるなり、ゆっくりと動いた。

「こっちだ」

少し離れた辻から町奉行所同心中村一米が手招きした。

「こちらでやしたか」

男が辻へと入りこんだ。

「どうだ」

「中身まではわかりやせんが、布でくるんだもんを大事そうに抱えて番頭が店へ持ちこみやした」

訊かれた男が答えた。

「そうか。やるなら今日やな」

「そうでおますな。明日になれば客のところへ運ばれてしまうかも知れまへん」

中村一米の言葉に男がうなずいた。

「手配してくるよって、その間、店から目を離しなや」

「わかってま。手下《てか》を備中屋の周囲に散らしてますよって、なんかあったら、すぐに西町までお報せしまっさ」

男が胸を叩いた。

咲江によって気を取り直せた亨は、また内与力控えに顔を出した。

「どうした、体調でも悪かったのか」

「はい。申しわけございませんでした」

先達の内与力に訊かれた亨は、ごまかした。

「城見さま、お奉行がお呼びでございまする」

用人が呼びに来た。

「わかった」

ただちに亨は腰をあげた。

用人は亨と同じく曲淵の家臣である。来客の応対、進物の受け取りなど役宅での雑用を担当した。

「お呼びでございましょうか」

「来たか。どうやら、立ち直ったようだな」

曲淵甲斐守が安堵の表情を浮かべた。

「ご心配をおかけいたしました」

「いや、気にせずともよい。この泰平の世だ。武士といえども真剣を抜くことなどない。まして人を斬るなどな」

詫びた亨に、曲淵甲斐守が手を振った。

「そなたにそれをさせたのは、余じゃ」

これ以上謝るなと曲淵甲斐守が言った。

「お呼びの件は」

亨はもう一度頭を下げてから問うた。

「また中村が、そなたの力を借りたいと申してきた」

「…………」

曲淵甲斐守の言葉に、亨は黙った。

「……なにをさせたいと」

主君を前に沈黙を続けるわけにはいかない。亨は尋ねた。

「抜け荷の疑いがある商人の店をあらためる立ち会いを求めてきた」

難しい顔をしながら曲淵甲斐守が告げた。

「抜け荷は大罪でございますが……」

幕府は天下に鎖国を敷いていた。わずかに長崎の出島を通じて、オランダと朝鮮、清《しん》と交流を続けてはいるが、そのすべては幕府の監督下である。

「一商家でできるものではございますまい」

「よくわかったの」

満足そうに曲淵甲斐守がほほえんだ。

「客がなければ商人は品を仕入れない。誰にでも売れるものは別だ。だが、抜け荷の品は持っているだけでも罪になる。そのようなものを店に持ちこむのは……」

「買い手が決まっている」

「そうだ」

曲淵甲斐守がうなずいた。

「おかしいであろう」

「はい」

亨も同意した。

「抜け荷を捕まえるならば、回船問屋に手を入れるより、買い手と取引するところを押さえるべきである。いや、どちらかといえば、買い手を捕まえるほうが重要じゃ。買い手を逃しては、また同じことをしかねぬでな」

「仰せの通りでございまする」

大きく亨はうなずいた。

「そなたでさえわかる道理を、町方がわからぬはずはない」

苦く曲淵甲斐守が頬をゆがめた。

「これは……」

「ああ。買い手の名前が出る前に片づけねばならぬのか、あるいはこの備中屋という回船問屋だけを潰したいのか、それとも……」

曲淵甲斐守が間を空けた。

「なんなのでしょう」

亨は身を乗り出した。

「余をさっさと江戸へ送り返したいかだ」

「殿を江戸へ……」

亨は戸惑った。

「先日の盗賊騒ぎで、余は大坂城代さまよりお褒めをいただいた。さらに余の功績を江戸へ報せてくださった」

「おめでとうございまする」

主君の出世は家臣の誉れでもある。亨は喜んだ。

「まだわからぬことだ」

曲淵甲斐守が亨を抑えた。

「その話を当然大坂城代立入与力は知っておろう」

「おそらく」

亨も納得した。

「続けて手柄を立てれば、余の名前はあがる。大坂町奉行は罷免される者のほうが多い役職じゃ」

過去、大坂町奉行で罷免されたのは、島田越中守重頼を皮切りに、つい先年の興津能登守忠通まで六人いた。

「そのなかで続けて手柄を立てれば目立つ」

「はい」

「そなたは知らぬでよいが、今、江戸で町奉行に問題が出ておる」

「では……」

「確実な話ではないゆえ、他言はするな」

曲淵甲斐守が釘を刺した。

「とはいえ、余のもと、つまりは大坂まで話が聞こえてきているのだ。耳の早い者は知っていよう」

「耳の早い者……与力たちでございますか」

「いや、商人どもだ。江戸に店を出している大坂商人は少なくない。いや、それより幕府の役人に伝手《つて》を持っている者が多い。はっきり言えば、金で商人に飼われている江戸城中の役人が注進する」

「幕府のお役人方まで……」

亨は息を呑んだ。

「出世には金がかかるのだ」

「お目付さまは違いましょう」

主君の前職である目付は旗本の非違を監察する。

「聞けば、お目付さまだけは選ばれる方法が違うとか。上司の方の推薦ではなく、目付衆全員の協議で決まるとか」

亭は期待した。

目付は老中支配であるが、任の性格上、将軍直属としての一面も持っていた。老中を告発することもあるため、その影響力を排除せねばならず、欠員が出たときの補充も独特であった。

新たな者を任じるに、目付たちが全員一堂に会し、これぞと思う者の名前を挙げ、討論を尽くし、選出するのだ。

「甘いな」

曲淵甲斐守が首を左右に振った。

「目付による衆議……ようは数の勝負である。より多くの推薦人を得た者が勝つ」

「えっ……それでは」

大きく亭は目を開いた。

「…………」

さすがに曲淵甲斐守も、それ以上は口にしなかった。

「泰平の天下の主は金だ」

「つっ……」

思いきった主君の一言に、亨は絶句した。

「そして天下の金は大坂に集まる」

曲淵甲斐守が続けた。

「金は力だ。剣術でも同じ、力を我がものとするには、他人より努力をしなければならぬ」

「はい」

亨は首を縦に振った。

「他人より金を手にするにはどうすればよいか。他人より長く働くのも一つだが、堂島の米相場を見ればわかるように、情報こそ重要である。西国の米の出来が悪いという話を、一刻でも早く耳にした者が勝つ。江戸での人事も同じだ。どなたが次の御老中となられるかを早く知れば、いの一番に挨拶へ出向ける。新たな御老中が倹約を旨とされるか、開拓を進められるかで、天下の政も変わる。それを先読みできた者が、商いで他人に勝ち、より大きな財を築ける」

「…………」

武士である亨には思いも付かない内容であった。

「町奉行というのは、目付が武家を相手にするのと違い、町人を見てやらねばならぬ。親のように見守ってやり、入り用な手だてを取るのが、町奉行職の役目じゃ。当然、商いにも通じねばならぬ。とくに大坂では、商人を知らねばやってはいけぬ。そなたも注意せい」

「心いたしまする」

亨は頭を下げた。

「ここまで言えばわかるだろうが、大坂町奉行所の与力、同心、小者にいたるまで、商人に飼われている。いや、番頭といっていい」

「はい」

それくらいは亨も気づいていた。

「嫌なことだが、内与力の何人かが落ちた」

「な、なにを……」

主君の言った内容に、亨は顔色を失った。

「誰だかもわかっている。だが、それをそなたには教えぬ。教えれば、そなたのことだ、すぐに噛みつきに行こう」

「当然でございまする。殿を裏切るなど許せるものではございませぬ」

亨は憤った。

「裏切ってはおらぬぞ。ただ、多少の融通をはかっているだけだ。余がなにをしているか、なにに興味を持っているかを、町方与力に漏らしているくらいだ」

「それはよろしくございませぬ」

町奉行が気になっていることを知れば、それに対する手を打てる。密かな探索ができなくなると同義であった。

「動くな」

立ちあがろうとした亨を曲淵甲斐守が止めた。

「しかし……」

「逆手に取ればすむことだ。余がこれに興味を持っていると見せつけ、その裏で別のことを調べれば、油断をさそえよう」

「あっ」

亨は気づいた。

「わかっていれば、それを利用できよう。表沙汰にするより有用じゃ。もっとも、余を売るような家臣は要らぬゆえ、江戸に帰ったときに放逐するがの」

小さく曲淵甲斐守が口の端を吊り上げた。

「話がそれたな。内与力のことは忘れろとは言わぬが、気にするな」

「努力いたしまする」

家臣として内通者に納得はできないが、主君の指示には従わなければならなかった。

「今回のこともそうじゃ。抜け荷の商品を運んできた者だけを摘発するなど、町方としておかしい。商品を仕入れた抜け荷の当人、仲立ちをした商人、ものを所望した買い手。三者を捕まえて初めて、抜け荷は潰せる。真ん中だけ潰しても意味がない。それがわかっていながら……」

最後まで曲淵甲斐守は言わなかった。

「裏があると」

亨が言った。

「ああ。その裏をよく見てこい」

「承知いたしましてございまする」

曲淵甲斐守の命を、亨は受けた。

三

大坂は川が多い。川が多ければ当然、橋が増える。堂島川と土佐堀川に挟まれた中之島にはいくつもの橋がかかっていた。

中之島はその名前の通り、もとは中州であった。その中州を、大坂の陣が終わった後、大坂の豪商淀屋が開発した。

中之島は、大坂湾から遡る安治《あじ》川、木津川の分岐にもあたり、水運の便が良い。そのため、諸藩の蔵屋敷が建ち並んでいた。

回船問屋備中屋も、その中之島の隅にあった。

「城見はん」

「わかっている。拙者はここから見ているゆえ、委細は中村氏に任せる」

声をかけられた亨は、そう応じた。

「そうしていただけると助かりますわ」

中村一米がほっと笑顔を浮かべた。

「抜け荷の摘発は、なかなか難しいのでございましてな」

「………」

無言で亨は中村一米を見つめた。

「証拠となる抜け荷の商品がなければ、どうしようもおまへん。よって確実に店にあるとわかっている納品日を狙うんですわ」

「顧客のところへ持っていかせてからでもよいのではないか。そこで一網打尽にすればよいではないか」

「それはあきまへん」

亨の策を中村一米が否定した。

「相手方に商品が渡るその現場を目にしたならまだしも、その場にいただけならば、咎めようがおまへんねん。その商品の所有者がどちらかわからんでっしゃろ。まだ備中屋のものなのか、金の受け渡しが終わって、買い手のものになったのか」

「両方捕まえれば……」

「それは素人はんの考えですわ。両方捕まえてもよろしいが、取り調べで困りまっせ。捕まったら、どっちも相手のもんやと言い張りますわな。しゃあけど、それを証明するもんはおまへん。ものがものでっせ。御法度の抜け荷の品を遣り取りするのに、納品書や領収書は作りまへんし」

「たしかに証拠は残さぬな」

「おわかりいただけましたかいな」

「ああ」

あからさまな詭弁《きべん》だったが、亨は納得した振りをした。

「ほな、行ってきますわ。おい、末吉。城見はんを頼む」

「へい」

また前回と同じ小者を中村一米が残した。

「…………」

「そんな嫌そうな顔せんと」

亨の表情を見た末吉が苦笑した。

「今度も拙者が呼ばれたのはなぜだ」

「そんなもん決まってますがな。旦那が弱いからですわな。たかが盗賊一人斬っただけで、引きこもるなんて、町方としては使いものになりまへん」

「なるほどな。そのていどの者ならば、どうでも操れると」

「…………」

末吉が黙った。

「少し訊きたいがよいか」

「あっしにわかることだけでっせ。あと答えられへんこともおまっさかいな」

末吉が釘を刺した。

「承知している」

端からなんでも喋《しゃべ》ってくれるとは思っていない。亨はうなずいた。

「備中屋は老舗《しにせ》なのか。中之島とはいえ、それほど良い場所とは思えぬが」

蔵屋敷に囲まれた備中屋は、よく知った者でなければ見つけにくい。亨は問うた。

「老舗っちゅうほどやおまへんな。どころか、大坂で言うたら新参でっせ。なにせ、今の主備中屋次郎《じろう》右衛門《えもん》が初代ですわ」

「ほう」

「もとは店の名前からもわからはりますやろうが、備中岡山の出ですわ。なんでも岡山でそこそこの回船問屋をしている家の息子らしいですがね。誰も確かめてはおりまへん」

「ふむ」

「十四年前に大坂へ出てきて、回船問屋を始めたんですが、最初は鳴かず飛ばずだったそうでっせ。まあ、当たり前ですわな。すでにええ得意先は出入りを持ってますよって。それが、八年前に、肥前松浦さまの出入りになったところで変わりましてん。あっちゅうまにあっちこっちに顧客を持ち、たちまち金を稼いで、米会所の株まで手に入れたと」

「なるほど。店を大きくしたのが松浦公の出入りとなったのはまあいいとして、会所で負け知らずと聞いているが、相場をそうそう当てられるものではなかろう」

亨は首をかしげた。

相場は朝晩でさえ変化する。それを半年先、一年先を予想して金を賭けるのだ。神でもないかぎり、未来を当て続けることなどありえない。

「船ですわ」

あっさりと末吉が答えた。

「船……」

「はいな。備中屋は、足の速い小舟を何艘《そう》も持ってますねん。で、その船を土佐、博多、長崎、熊本に常駐させてるっちゅうこってすわ。そこから米の出来、あるいは天候のことなどを早船で報させる。誰よりも早いんですわ、西国の状況を知るのが」

「見事だな。ならば、他の会所商人はなぜそれをせぬ」

他人の儲けた形を模倣するのは、当たり前のことだ。亨は尋ねた。

「船は金でできますけどなあ。腕の良い船頭はそんなにいてまへん」

「船頭を引き抜くくらい朝飯前だろう」

亨は大坂商人が遠慮するとは思えなかった。

「それが、備中屋の船頭は引き抜きでけへんらしいですわ。給金倍というてもあかんらしい」

「倍出しても来ぬか。それはなかなかの忠誠だな」

「忠誠……一文にもなりまへんのになあ」

末吉があきれた。

「…………」

「あっ。すんまへんな。江戸のお武家さまには大事なもんでしたな」

黙った亨に気づいた末吉が、形だけの詫びを言った。

「さて、話は終わりまひょう。そろそろでっせ」

末吉が、橋の上から備中屋を見た。

「ほら出た」

末吉が指さした。

備中屋の隣、西国藩の蔵屋敷の脇門が開き、なかから人が出てきた。

「あれは」

「備中屋の番頭ですわ。わざと中村はんは表から打ちこみはったさかい、慌てて抜け荷の現物を裏から運び出そうとしたんですわ。それが中村はんの手とも知らず」

「策だと言うか」

「さいですわ。抜け荷は現物がなければ言い逃れできますよってな」

すっと末吉が前に出た。

「番頭はん、あきらめなはれ」

「ひいっ」

橋を渡ろうとしていた番頭が、前に立ちふさがった末吉に悲鳴を上げた。

「わあああ」

混乱したのか番頭が、手にしていたものを川へ投げようとした。

「いけまへんなあ」

末吉がいつの間にか匕首を抜いていた。

「ぐえええ」

匕首で喉を裂かれた番頭が絶叫した。

「なにをする。証人を殺すなど」

亨が絶句した。

「問題おまへん。証人は店になんぼでもおりまっさ」

番頭の手から末吉が風呂敷包みを取りあげた。

「これさえあったらよろしいねん」

末吉が風呂敷包みを振ってみせた。

「しかし、それでは……」

「よくやったぞ、末吉」

駆けてきた中村一米が亨を押さえこむように発言した。

「これを」

「うむ」

末吉が差し出した風呂敷包みを中村一米が受け取った。

「中村氏、いくらなんでもこのやり方はよろしくなかろう」

亨が苦情を申し立てた。

「抜け荷の重要な証拠を持って逃げ出した番頭が、町方の制止を振り切って、抵抗した。ゆえにやむをえずこれを討った。どこにも問題はおまへん」

冷たく中村一米が告げた。

「お奉行さまに報告させていただく」

「お好きなように」

中村一米は淡々と応じた。

抜け荷は大罪である。

南蛮渡来の禁制品を番頭が持って逃げた。これだけで備中屋を罪に落とすには十分であった。

「お白州を開かれましょうや」

曲淵甲斐守に大坂西町奉行所吟味方与力が問うた。

奉行が白州を開くのは、そうあることではなかった。よほどの大罪、国をいくつもまたいだ盗賊や下手人などであり、その他のものはほとんど吟味方与力に一任されていた。

「そうよな。抜け荷とあれば、長崎奉行どのもかかわってくる。吟味はそなたに任せるにしても、白州は余が開かねばなるまい」

曲淵甲斐守が、白州を開くと言った。

「では、下吟味をすませたのちに」

「うむ」

吟味方与力の言葉に、曲淵甲斐守はうなずいた。

奉行は多忙である。どれほどの大罪でも、自ら吟味することはない。白州でも人定質問をするのと、罪の認否、咎の言い渡しだけしかしないのが普通であった。

「よろしゅうございますので」

備中屋手入れの翌日から、曲淵甲斐守の指示で側《そば》に控えさせられている亨が確認した。

「なにがだ」

曲淵甲斐守が訊いた。

「備中屋のことでございまする」

亨は憤っていた。

「生き証人の番頭を殺すなど、とても町方のすることとは思えませぬ」

捕り物の翌日、亨は中村一米の行動を報告した。

「抵抗しようとしたのであれば、やむをえまい」

曲淵甲斐守は咎めなかった。

「ですが、それで番頭が知っていた密事はすべて闇に葬られてしまいました。取引相手も、抜け荷の船頭のことも……」

「逃がすよりはましじゃ」

「それはそうでございますが」

「わからぬか」

不足そうな亨に曲淵甲斐守が嘆息した。

「試されたのよ、余がな」

「殿を……誰が」

亨は驚いた。

「町奉行所の全員であろうな」

「そんな」

主君の答えに亨は絶句した。

「いったい殿のなにを試したのでございましょう」

「余がどちら側かということだ」

「…………」

亨は意味を理解しかねた。

「わからぬか。要は、余が敵か味方かを試したのよ」

曲淵甲斐守が続けた。

「もし余が、そなたの言うことを取りあげて、中村を咎め立てたら敵。なにも言わず、備中屋を捕らえさせたなら味方。味方ならばよいが、敵に回れば、余を排除するつもりだったのだろうな」

「排除など……」

「簡単なことだ」

否定しようとした亨に、曲淵甲斐守が被せた。

「東町奉行か、ご城代に、余が賄《まいない》を受け取っているという話を持ちこむだけでいい」

「そのような嘘、すぐに底が知れましょう」

「相手は町方ぞ。証拠を作り出すなど簡単なことだ。疑われた。それを晴らすには、目付の審問を受けねばならぬ。旗本の非違監督は目付の役目じゃ。となれば、目付が大坂まで来る。それまでの間、余は謹慎しておかねばならぬ。証拠に裏付けを付けるには十分な余裕ができる。それにな、大坂まで来た目付は、すなおに帰らぬ」

「えっ……」

亨は間の抜けた顔をした。

「出張しておきながら、なにもなかったでは、目付の能力が疑われる。目付は正義ではない。他人を罪に落とすことが手柄なのだ」

「そんな」

「そういうものよ。世のなかはな。他人の犠牲の上にあぐらを搔《か》くことができるものだけが、出世していくのよ。かくいう余もそうだ。不惑をこえたばかりで大坂町奉行に抜擢されるには、相応のまねをしてきた」

曲淵甲斐守が頰をゆがめた。

「………………」

さすがに反応するわけにはいかなかった。

「殿はお目付の出。かつての同僚ではございませぬか」

亨は話題を気づかれぬていどにずらした。

「余計まずいのだ。目付はな、滅私であることを求められる。その証として、身内や同僚などの摘発がなによりの手柄となる。目付のなかには、実父を糾弾し、切腹に追いこんだ者もおるのだ。かつての同僚など、出世の踏み台でしかない」

曲淵甲斐守が首を左右に振った。

「なんと」

あまりの苛烈さに亨は言葉を失った。

「わかったか。配下といえども町方を敵に回してはならぬのだ。とくに遠国ではな」

「まさかと思いまするが、過去、大坂町奉行の任期中に咎めを受けた方のなかには……」

「冤罪もあったろう」

おずおずと問うた亨に、曲淵甲斐守が告げた。

「…………」

ふたたび亨は絶句した。

「ゆえに、余はそなたの言を採用せなんだ。今、そなたを余の側に縛り付けているのも、そのためじゃ。そなたは若いがゆえか、いささか義に走りすぎるきらいがある」

「町奉行が義でなければ……」

弱い口調ながら、亨は抵抗した。

「義を張って死ねば、意味はないぞ」

「死……」

亨は呆然とした。

「そうだ。町方が捕り物で殉死することはままある」

「あっ」

思わず亨は声を上げた。

「気づいたか。そうだ。二度ともそなたを捕り方の指揮に据えたのは、現場に同行させることで、巻きこませるだけでなく、隙を狙って……」

最後までは曲淵甲斐守は言わなかったが、その先を推測することは容易であった。

「末吉が……」

亨は唸った。

「だが、そなたは剣術が遣えた。ゆえに生き残れた」

「…………」

「すねるな」

口を閉じた亨に、曲淵甲斐守が苦笑した。

「余はそなたの剣術を知っている。町方が数人かかったところでどうにもなるまい。それに……このていどで殺されるならば、そこまでだったということだ」

冷たい声で曲淵甲斐守が断じた。

「はあ」

主君の話に、亨はあいまいな返答をするしかなかった。

四

吟味方与力の取り調べは厳しい。ほとんどの犯罪者は、捕まった段階であっさりと落ちる。拷問まで持ちこむことはまずなかった。

また拷問には、老中の許可が要る。そうそうおこなわれるものではない。まして今回は現物を押さえられている。

「まちがいございませぬ」

備中屋は、あっさりと抜け荷を認めた。

「殊勝である。闕所《けっしょ》は避けられぬが、前もって家族には報せてくれる」

吟味方与力がささやいた。

闕所とは、財産すべての没収である。店の土地、建物、現金などを幕府が押収する。一応家族に当座の着替えと一カ月ほどの生活費は渡されるが、微々たるものになる。

「かたじけのうございまする」

備中屋が礼を言った。

一種の取引であった。さっさと罪を認めることで残された家族への配慮を願う。闕所が始まる前に幾ばくかの財産を隠すことを黙認してもらったのだ。

「与力さま。一つだけお聞かせを」

頭を下げた備中屋が吟味方与力に願った。

「なんだ」

吟味方与力が促した。

「会所の株を手にしたのがいけなかったのでしょうか」

「いいや」

訊かれた吟味方与力が否定した。

「では、勝ち続けたことが……」

「………」

今度は吟味方与力は答えなかった。

「ありがとうございまする。よく、わかりました」

備中屋が深く頭を下げた。

「引き立てろ」

観念した備中屋を牢《ろう》へ戻すように、吟味方与力が小者を呼んだ。

「お待ちを」

備中屋が吟味方与力を見上げた。

「まだなにか申すことでもあるのか。命乞いはできぬぞ。抜け荷は死罪じゃ」

吟味方与力がうるさそうに言った。

「承知いたしておりまする。ただ、紀州屋に思い知らせてやりたいだけで」

「なにを」

備中屋の雰囲気が変わった。

「立ち入り金を出していなかったために、この始末。わずかな金を惜しんだ己のせいだとはわかっておりますが……それでも恨みはございまする」

「紀州屋が立ち入り先だとわかっているならば、そなたの願いが無駄だとわかっておろうが。町方は立ち入り先を守るぞ」

吟味方与力が宣した。

「紀州屋はもう金を払えませぬ」

「なんだと……」

「わたくしが最後に張った相場が当たっていれば、紀州屋は丸裸になりまする」

「どちらに張った」

吟味方与力が身を乗り出した。

「先日の船は西国で大雨の兆しがあると報せて参りました。わたくしは高めに張りましてございまする」

高めとは米の値段が上がると予想して、先物買いすることだ。

「紀州屋は……」

「わたくしの動きを見て、反対に張っておりました。へんに対抗せず、従えばすむことですのになあ」

吟味方与力の質問に、備中屋が笑った。

「…………」

なんともいえない顔で吟味方与力が備中屋を見た。

「大相場ですよって、儲けは一万両をこえましょう。まあ、これも闕所で御上に取られますが……」

笑いを備中屋が収めた。

「松浦藩蔵屋敷の遠藤さまに、わたくしの預けてあるものがございまする。それを差し上げまする」

隠し財産を備中屋が教えた。

「……なにを預けている」

それがなんのためのものかが、わからないようでは吟味方与力など務まらない。

「清国から渡った玉《ぎょく》でございまする」

「まさか」

「抜け荷ではございませぬ。長崎でちゃんとした唐物問屋から買い求めたもの。拳《こぶし》ほどの大きさで、捨て値で売っても五百両にはなりましょう」

それだけ言うと、備中屋は立ちあがった。

「お世話になりましてございまする」

一礼して、備中屋は歩き出した。

「待て」

今度は吟味方与力が止めた。

「抜け荷の仲介は松浦藩だとわかる。安心しろ。町方は大名に手出しできぬし、大坂町奉行所は大目付の配下ではない」

「…………」

備中屋は表情も変えなかった。

「問題の買い主のことだが……真砂屋《まさご》だな」

真砂屋は西町奉行所にかなりの金額を出してくれている大切な立ち入り先であった。

「ご安心を。お奉行さまのお白州では、なにも申しませぬ」

能面のような顔で備中屋が、告げた。

大坂商人にとって五百両はたいした金額ではないが、町方にとっては大金であった。

「いかがいたしましょう」

吟味方与力が、筆頭与力須藤に問うた。

「五百両か……大きいな」

須藤も嘆息した。

「そうよなあ。すぐに紀州屋をどうこうするわけにもいかぬしのう」

「玉を売るのも我らだけでは難しゅうございますしな」

二人が顔を見合わせた。

「とりあえずは、寝かせておくか」

「いつまで寝かせましょう」

吟味方与力が問うた。

「今、派手なまねをするのはよろしくあるまい」

「たしかに。お奉行さまが見過ごしてくれるかどうか、わかりませぬし」

須藤の言葉に、吟味方与力が同意した。

「まあ、世のなかをわかったお方だがな。あまり派手なまねは避けたほうがよかろう」

「あの若い内与力が、馬鹿をするかも知れぬ」

苦い顔を須藤がした。

「お奉行が江戸に帰るまで寝かせよう」

「はい」

二人が対応を決めた。

「あの若造はどうだ」

「末吉によると、ちょいと変わったようで。少し肚ができてきたとか」

じっと片隅に座って先ほどまでの会話に参加していなかった中村一米が答えた。

「成長の手助けをしてしまったということか」

苦い顔を須藤がした。

「現場を踏ませるのがもっとも良いというのは、真実だったようで」

吟味方与力が嘆息した。

「若いあやつを緊迫した現場で失敗させ、それをもって奉行を押さえようと思ったが……」

「そうそう思い通りにはいきまへんなんだ」

中村一米が首を左右に振った。

「しかたないな。奉行が栄転して長崎か江戸へ行ってくれるまで、放置するしかないな」

須藤があきらめた。

「まあ、悪いことばっかりやおまへんでしたし」

雰囲気を変えようと中村一米が声を高くした。

「盗賊を捕まえたことで、西町の評判が上がったことやな。おかげで、立ち入りを申しこんでくれる商家が増えた」

須藤も頰を緩めた。

「たまには、盗賊も捕まえなあかんようですな」

吟味方与力も笑った。

「では、玉の換金は後日といたしまして、紀州屋はいかがいたしましょう」

続けて話を戻した。

「立ち入り金を支払ってくれている間は、手出し禁止だ」

須藤も笑いを消した。

「では、金が止まり次第で」

「金の切れ目が縁の切れ目でよいといえばよいがなあ……露骨すぎるのもよろしくはなかろう。少し間を空けるべきであろう」

小さく須藤がうめいた。

「かといって、立ち入りを止めた者を放置しておくわけにはいきませぬぞ。他への見せしめもございまするし、東町への配慮もせねばなりませぬ」

吟味方与力が小さく首を振った。

大坂の立ち入りは西町奉行所だけでなく、東町奉行所もある。それぞれに立ち入り先を抱えている。なかには両方に出入りしている商人も多い。当然、西が穴の開いた立ち入り先を放置していれば、東にも影響は出た。

「金が切れてから、三回は催促しよう。それで駄目だったら、備中屋の頼みをな」

「わかりましてございまする。では、お奉行のもとへ参りまする」

吟味方与力が備中屋取り調べの終了報告に行くと立ちあがった。

「頼むぞ。甲斐守さまがいなくなるまでの辛抱だからの」

町奉行所の裏を取り仕切る須藤が、真剣な表情で言った。


白州に引き出された備中屋は、静かであった。

「備中屋次郎右衛門であるな」

「はい」

曲淵甲斐守の質問に、備中屋は首肯するだけであった。

「抜け荷についても相違ないな」

「はい」

「そなた以外にかかわっている者がおれば、有り体に申せ」

「…………」

予定にない質問であった。同席していた吟味方与力が息を呑んだ。奉行の白州は、取り調べの場ではなかった。奉行は罪を言い渡すだけが任であった。

「いいえ。わたくし一人でなしたことでございまする」

吟味方与力と約束したことを備中屋は守った。

「お白州での偽りは許さぬぞ」

首を振った備中屋に曲淵甲斐守がすごんだ。

「偽りではございませぬ」

「ほう。一人でやったと申すか。では訊こう。どうやって阿蘭陀《オランダ》や清と連絡を取る」

「お奉行」

慣例にないことをする曲淵甲斐守に、吟味方与力が小声で注意を促した。

「備中屋、返答せい」

吟味方与力を無視して曲淵甲斐守が続けた。

「海の上で待ち合わせをいたしまする」

備中屋が答えた。

「目印のない海の上で、どうやって待ち合わせるのだ」

「日時、周囲の島影などを決めておけば、さほど難しいことではございませぬ」

より深いところを問うた曲淵甲斐守にも、備中屋は動じなかった。船なぞ乗ったことのない曲淵甲斐守である。備中屋の答えを否定できなかった。

「仕入れはそれでよかろう。だが、販売はどうするのだ。ご禁制の品を店に置いてはおけまい」

曲淵甲斐守がさらに追及した。

「それは申せませぬ」

備中屋が拒んだ。

「そのようなまねが許されるとでも思っておるのか」

「……………」

厳しい声を出した曲淵甲斐守に対し、備中屋は黙った。

「返答せい」

「してもしなくとも死罪は変わりませぬ。これでも商人の端くれ。お客さまにご迷惑をおかけするわけには参りませぬ」

備中屋がはっきりと拒否した。

「そなたが話さぬと言うならば、店の奉公人や家族に訊かねばなるまいな」

「誰も知りませぬ。知っていたのは、わたくしと番頭だけでございまする」

曲淵甲斐守の言葉にも備中屋はまったく揺らがなかった。

「…………」

今度は曲淵甲斐守が黙った。

「喋れば、御上にもお慈悲というものもあるぞ」

減刑を曲淵甲斐守がちらつかせた。

「店を潰し、番頭を死なせたわたくしが、おめおめと生き残るわけには参りませぬ。店と運命をともにするのが、商人の覚悟でございまする」

備中屋が胸を張った。

「やむをえぬな」

曲淵甲斐守があきらめた。

「お奉行さま、そろそろ」

吟味方与力が、白州を終わらせるようにと婉曲《えんきょく》に求めた。

「うむ」

うなずいた曲淵甲斐守が、姿勢を正した。

「備中屋次郎右衛門、抜け荷の段、不届き至極。身代闕所のうえ、死罪申しつける」

「お受けいたしまする」

判決を言いわたした曲淵甲斐守に、備中屋が平伏した。

「殿」

白州から内覧まで下がった曲淵甲斐守の表情は険しかった。

己の手がけた一件である。白州の声が聞こえる内覧の隅で亨は控えていた。

「ああ」

「やはり」

曲淵甲斐守と亨は顔を見合わせた。

「罪人と打ち合わせをする町方など、百害あって一利なしじゃ」

曲淵甲斐守が天を仰いだ。

「改革を」

「無駄じゃ。大坂では、なにもできぬ」

「ご城代さまにおすがりしては」

大坂城代が大坂すべてに責任を持つ。老中支配なのは町奉行だけで、町方は大坂城代の指揮も受ける。

「駄目だ。城代さまは波風を立てるなと仰せである」

「それは……」

曲淵甲斐守の言う意味がなんなのかくらいは、亨にもわかった。

「就任したときに、余が厳しく言いつけておけばよかったのだろうが……大坂町奉行所は治安より、施政を任とする。当地を知らぬ余ではなにもできぬゆえ、与力どもに委託したのがまちがいであったわ」

「殿が責任をお感じになられることではございませぬ。代々の町方の気質が問題なだけで」

亨が曲淵甲斐守を宥《なだ》めた。

「どちらにせよ、もう手遅れじゃ」

曲淵甲斐守がため息を吐いた。

第四章　思惑の功名

一

大坂の商人は、いや、どこでもそうだが、噂に聡《さと》い。

「朝廷が幕府に不快を密かにながら伝えられたそうだ」

堂島の米相場を扱う商人の間で、一つの噂が大きな意味を持ち始めた。

「戦にはならんやろうけど、思惑が動くで」

米が大坂に送られてくる直前、七月の末である。商人たちは相場を強いと見て、米を買いに走った。

堂島の米会所が騒がしくなる前に、大坂西町奉行曲淵甲斐守は状況を把握していた。

「二年も前の話だというに、公家というのはしつこいの」

曲淵甲斐守が苦い顔をした。

明和四年（一七六七）八月二十二日、幕府は儒学者で医者の山県大弐《やまがただいに》を謀叛《むほん》の疑いで死罪に処した。

山県大弐は、甲斐の生まれで、最初九代将軍家重の寵臣大岡出雲守忠光に仕えていたが、主君の死を契機として致仕、江戸に私塾を開いて、後進の育成に励んだ。若いころ京へ遊学した経験もあり、その著書『柳子新論《りゅうし》』は士農工商という身分差を職能の問題として撤廃し、天皇のもとで同格だと論じた。

勤王の志が厚く、王政復古を強く主張したこともあり、幕府の怒りを買い、出入りしていた小幡織田家の内紛を理由に、咎められた。

さらに幕府は、山県大弐のついでとばかりに、もと公家徳大寺家の家臣でやはり勤王家の竹内式部敬持《たけのうちしきぶたかもち》にも手を出した。

若い公家たちに垂加《すいか》神道を説き、大義名分は幕府ではなく朝廷にあるとの思想を広めた竹内式部を幕府は、宝暦八年（一七五八）京から追放処分にしていた。その竹内式部を幕府は今一度罪に問い、八丈島への遠島にした。そして、不幸なことに竹内式部は遠島の中途で病死してしまった。

朝廷としては、勤王の志ある者を殺されたことになる。竹内式部の死は長く京に報されていなかったが、いつまでも秘せるものではない。明和四年十二月に亡くなった竹内式部の死が翌年、京に届いたことで後桜町《ごさくらまち》天皇が激怒、幕府へ不快を伝えた。

実害はないとはいえ、帝の不快は幕府にとってつごうが悪い。なにせ、建て前とはいえ、征夷大将軍は帝から親任される臣下なのだ。

幕府は色々な手で、後桜町天皇を宥めたが、うまくいっていなかった。

「まさかご譲位を強いるようなまねはすまいが……」

幕府は力で朝廷を押さえている。いざとなれば、後桜町天皇を上皇に棚上げし、皇子のなかから幕府の傀儡にできる男子を帝にすることもできた。

もっとも、そのようなまねは、公家の反発を招くだけでなく、外聞もよろしくない。

「となれば、誰かに責任を負わせて、朝廷の手前をごまかすか……」

曲淵甲斐守は腕を組んだ。

「山県大弐を取り調べたのは、北町奉行の依田和泉守どの」

依田和泉守は小身から小姓、小納戸頭《こなんどがしら》、目付、作事奉行《さくじ》を経て、北町奉行に抜擢された能吏である。宝暦三年（一七五三）から十六年の長きにわたって北町奉行を務めていた。

「和泉守どのが更迭されることになるだろうな」

大坂西町奉行になって四年、曲淵甲斐守は江戸へ帰る好機を得た。

「桂右衛門に手を回させるか」

曲淵甲斐守が独りごちた。

桂右衛門とは、亨の父で今、江戸の留守屋敷を守る用人の職にあった。旗本の用人は、諸藩の家老と外交役の留守居を合わせたような役目である。桂右衛門は、その用人として、曲淵甲斐守に代わって、留守屋敷を差配していた。

「町奉行になれるとしたら、儂もしくは、勘定奉行、大坂東町奉行、京都東西の奉行だが……」

桂右衛門への書状を認《したた》めながら、曲淵甲斐守が呟いた。

「京都の両奉行は大丈夫だろう。今現在不穏な京から慣れた者を引き抜くのはまずい」

騒動のもとを押さえている重石《おもし》を除けるようなまねは、幕閣もしないと曲淵甲斐守は思案した。

「となれば、残るは勘定奉行と、大坂東町奉行の室賀山城守。山城守は去年、赴任したばかりで続けての異動はない……そして今は、秋。御上の年貢が全国から集まるときだ。勘定奉行は多忙を極める。異動させられないわけではないが、後任が問題だ。勘定は慣れるのに手間がかかる」

勘定は武士の表芸ではない。勘定奉行になれる家柄ともなれば、千石はこえている。千石をこえる旗本が、下人の仕事と蔑まれる算盤《そろばん》勘定を得意としていることはまずなかった。勘定奉行はなってから研鑽《けんさん》を積んで、算勘に強くなっていくのが慣例であった。

「年貢の集計最中に新人の面倒を見る余裕はない。今年中に北町奉行依田和泉守どのの更迭があれば、候補は儂だけだな」

曲淵甲斐守は、桂右衛門に要路への手配りを命じる手紙を一通書いた後、老中宛に京都の状況が大坂にまで波及し、米相場にも影響が出てきており、早急の対処が要るとの書状を認めた。

「推薦しておいた」

曲淵甲斐守のもとに、大坂城代松平和泉守の言葉が届いた。

「かたじけのうございまする。先に江戸へ戻り、和泉守さまのお戻りの地ならしをいたしておきましょう」

恩は忘れないと曲淵甲斐守は礼を述べた。

公家と商人、幕府にとって面倒な二つへの対応を迫られた老中たちは、強力な後押しを得た曲淵甲斐守の思い通りに動くしかなかった。

大坂西町奉行所の与力、同心も曲淵甲斐守に出世の芽が出たことを敏感に察していた。

「ようやく我らの苦労が結ばれそうや」

筆頭与力でもある城代立入与力の須藤が、松平和泉守から話を聞かされて喜んだ。

「やっとでっか」

吟味方与力も安堵のため息を吐いた。

「そろそろ手柄のもとも尽きて、このままあと数年は待たなあかんかとあきらめかけてたが……我らに運はあった」

須藤も嘆息した。

「思いきって金で縛るという手もあったとは思いますが……」

「あかんやろ。目付出の奉行は、金に近づかへんし、なにせ、甲斐守さまの前任が賄で飛ばされたんや。しゃあさかい四十一歳という異例の若さで目付から大坂町奉行へと抜擢された。もし、甲斐守さまも金で縛ろうとしたら……」

「目付が大坂まで来た……」

吟味方与力が震えた。

「大坂町奉行所が根こそぎやられたやろうなあ。さすがに二回連続は御上も見逃してくれへんやろう」

須藤が首を左右に振った。

「扱いやすい奉行の次が、扱いにくい奉行やった。てれこで来るなら、次は扱いやすい奉行になる番やけどな」

「そううまくいきますやろうか」

須藤の言葉に吟味方与力が疑問を呈した。

「こればかりは、つきあってみんとわからん。どんな人が来はるのかわからんけど、今よりましやろう」

「そうであってもらいたいですわ」

吟味方与力が同意した。

「あとな。備中屋が遺した玉、奉行交代のどさくさに紛れて換金するで。すでに売り先は見つけてある」

須藤が告げた。

「さすがに手回しの良い」

吟味方与力が感心した。

「七百両で買ってくれるらしいわ」

「……七百両。備中屋は五百両やと言うてましたが」

差額に吟味方与力が目を剝いた。

「真砂屋がな、是非にと」

「……抜け荷の相手。二百両は口止め料ですかいな」

「そうや」

須藤がうなずいた。

「いくら立ち入り先いうてもな。なにしてもええというわけやないさかいな」

「さいですな。そういえば、紀州屋は」

ふと思い出したように吟味方与力が訊いた。

「身代を失ったうえに、株も取られた」

紀州屋の末路を須藤が語った。

「ほな、備中屋の願いは……」

「ああ。恨みも晴れたやろう。わしらはなんもせんですんだで」

二人が顔を見合わせた。

「なんにせよ、甲斐守さまがおらんなるのは、めでたいことやでな」

須藤が締めた。

明和六年八月十五日、曲淵甲斐守は北町奉行を命じられた。

江戸町奉行に任じられた曲淵甲斐守は、異動のための引き継ぎを開始した。とはいえ、実務はすべて与力たちによっておこなわれた。

「書付を繰り方へ回せ」

曲淵甲斐守の任期中に終わらなかった案件を次の奉行に引き継ぐための取り纏めを進め、

「迎方与力《むかえがた》を誰にさせるか」

新しく大坂町奉行に任じられた神谷清俊を出迎えるために出す与力の選定も始まった。

「長屋の明け渡しを急いでいただきまする」

亨をはじめとする内与力は、曲淵甲斐守の転任に伴い解任された。

「承知」

奉行所の内政を司る年番方《ねんばんかた》与力の指示に、亨たちは従うしかなかった。

「江戸へ送り返す荷物は、本日昼八つ（午後二時ごろ）までに奉行所裏門前にお出しくだされよ。それに遅れられたものは、ご自身でご手配願いまする」

年番方の指示を受けて、荷造りは急がれた。

「夜具はどういたしましょう」

萩が困惑した。

夜具はかさばる。荷物として東海道を持ち運ぶのは手間である。かといって、送る荷物に入れてしまえば、今夜の就寝に困った。

「そうよなあ」

亨も悩んだ。

「送ってしまいはったらよろしいねん」

手伝いに来てくれていた咲江が言った。

「すでに秋である。夜具なしではいささか厳しいと存ずるが」

亨が無理だと応じた。

「宿に泊まらはったらすみますやろ。宿ならば夜具はおます。食事も出まっせ。台所の道具も纏められますし」

咲江が続けた。

「旅籠に一泊しても、二人で六百文ほど。もし、夜具を荷物として江戸へ送ったら、その数倍は要りますよって」

かかる費用を咲江は対比してみせた。

「なるほど……」

亨は感心した。

「宿代がもったいないというのはまちがいか」

「お金は生きた使い方せなあきまへんえ。使うが得か、残すが得かよう考えて」

納得した亨に、咲江が付け加えた。

「今夜は宿に泊まるとしよう。夜具と台所用具なども送ってしまおう」

「よろしいのでございましょうか」

萩が躊躇した。女中である萩は旅籠代を遠慮した。

「かまわぬ。一日のことだ。明後日には、大坂を発《た》つ。一日長屋を離れるのが早いかどうかであろう」

さほどの差ではないと亨が告げた。

「萩はんは、うちへ泊まりなはれ」

咲江が口を出した。

「それは、いくらなんでも甘えすぎでござる」

亨が断った。

「なに言うてはりますのん。旅籠にお二人で行ったら、同室になりますやん。男と女が一つの部屋はあきまへん」

強く咲江が主張した。

「むうう」

亨は思ってもいなかったことを指摘されて唸った。萩は亨が子供のころから仕えてくれている女中である。女だとして見たことなどなかったが、言われてみればそれは注意しなければならなかった。

「わたくしは木賃宿にでも……」

「最後の大坂の一日を、そんなええ加減なところで過ごさせるわけにはいきまへん」

咲江が否定した。

「しかしでござるな……」

「少し萩はんとお話ししたいこともおますし。よろしいですやろ、城見さま」

「………」

世話になった咲江の頼みである。亨は悩んだ。

「萩はん、ちょっと」

咲江が萩を少し離れたところまで引っ張っていった。

「…………」

亨には聞こえないところで、咲江が萩になにかをささやいていた。

「若旦那さま」

萩が戻ってきた。

「今宵、西さまにお世話になってもよろしゅうございましょうか」

「吾はかまわぬが……よろしいのか」

「はい」

確認した亨に、咲江がうなずいた。

「では、一夜甘えさせていただこう。萩、失礼のないようにな」

「心得ておりまする」

萩が頭を下げた。

二

遠国奉行の行列は大名に準ずる扱いを受ける。

曲淵甲斐守は駕籠《かご》のなかから、見送りに出た西町奉行所の与力、同心たちに声をかけた。

「世話になった」

「ますますのご栄達をお祈りいたしております」

筆頭与力が答辞を述べた。

「出立つううううう」

長く伸ばすような声を合図に、行列は動き出した。

「西どの。いろいろとかたじけのうございました」

亨は、咲江の父、諸色方同心西二之介へ礼を述べた。

「江戸町奉行にならはるとは、えらいご出世です」

西二之介が言った。

「畏れ入りまする」

主君の出世を祝ってくれているのだ。亨は一礼した。

「そのぶん、難しゅうなりまする。城見はんも気張らないとあきません」

西二之介が続けた。

「江戸は人が多い。人が多ければ多いほど、もめ事は増えまする」

「はい」

亨は首肯した。

「人が増えるちゅうのは、町奉行として見守らなければあかん庶民だけやありまへん」

「えっ……」

西二之介の言葉に、亨は戸惑った。

「江戸だということを忘れたらあきまへん。大坂に上司の目はない」

「大坂城代さまがおられましょう」

「ふん」

亨の反論を、西二之介が鼻で笑った。

「いや、これは失礼」

西二之介が詫びた。

「まだお若いな。大坂城代さまは、足下をご覧ではござらぬ。大坂城代さまは、東を見ておられる」

まじめな口調で西二之介が告げた。

「東……江戸だと」

「江戸だけではござらぬ。京もでござる。大坂城代さまは、京都所司代さまを出し抜いて、老中に出世されることだけを考えておられる」

「…………」

亨は沈黙した。

「大坂城代さまにとって、大坂町奉行は、邪魔さえせねばよいもの。おわかりかの」

西二之介が、問うた。

「江戸町奉行は違うと……町奉行の上司は御老中さま」

「さよう」

確認するような亨に西二之介が首肯した。

「御老中さまは、上なしでござる」

「たしかに」

幕閣でもっとも権力を持つのは老中であった。その上である大老もあるが、大老はなれる家柄が決まっているうえに、非常の職で普段は置かれなかった。

「それ以上の出世がなければ、どうなさいましょう」

「わかりませぬ」

「どれだけ長く、その座に在り続けるかを目標とされまする」

首を左右に振った亨に、西二之介が答えた。

「長く在り続ける……」

「どうすればよいか、おわかりでござるかの。まず、一つは老中さまだけに言えることではござらぬが、病をせぬことでござる」

「わかりまする」

西二之介の話に、亨は同意した。健康でない者は、いつ権力の座から消えるかわからない。そんな人物の指示に従う配下はいない。

「もう一つは……」

一度、西二之介が言葉を切った。

「……足を引っ張られぬようになさるのでござる。引っ張られる前に切り捨てる」

少し間を置いて、西二之介が告げた。

「足を引っ張る……町奉行を見張ると」

そこまで言われれば、亨でもわかる。

「………」

西二之介が無言で肯定した。

「町奉行は、老中支配でございましょう。配下の町奉行が失策を犯せば、その者を町奉行に登用したお方、もしくはその月の番であった老中さまに責が及びまする」

「むうう」

亨は難しい顔をした。

「御老中の目が殿を見張っていると」

「いかにも」

首を縦に振った西二之介が続けた。

「それは損ばかりではございませぬ。上役がちゃんと仕事ぶりを見ているということでもござる。まちがいのない評価が受けられましょう」

「出世もありえるが、左遷、いや咎められての解任もある」

亨は嘆息した。

「町奉行は難しい役目でござる。わたくしがこう言うのはなんでござるが、与力、同心は、心から従いませぬ。その理由はおわかりでござろう」

「奉行は世襲ではなく、代わっていくからでございますな」

亨が答えた。

「そう。我らに異動はござらぬ。与力、同心と身分は違えど、百年以上同じ役場におれば、親しくなりましょう。いや、姻戚ばかりでござる。町奉行所のなかは、一枚岩でござる」

「奉行が異物だと」

「…………」

さすがにそれには、西二之介は反応しなかった。

「奉行と奉行所の与力、同心とは水と油。これで生きていくしかない者と奉行を足がかりとしてしか考えていないお歴々。合うはずはございませぬ」

「…………」

今度は亨が沈黙した。

「その間を取り持つのが、内与力でござる」

西二之介が亨を見た。

「内与力は、奉行の家臣でありながら、任にある間、その禄は奉行所から出ます る」

任のつごうもあるが、内与力は陪臣から直臣格になる。その裏付けとして、禄は町奉行所から支払われた。

「内与力は、奉行所側に立てと」

亨は西二之介の意図をそう理解した。

「いいえ」

西二之介が否定した。

「町奉行所の代理になられると、奉行が退任された後が気まずくなられましょう」

「たしかに」

亨は納得した。

いかに禄が奉行所から支給されているとはいえ、己の家臣なのだ。その家臣が奉行所役人の味方ばかりをしていては、腹立たしくなる。町奉行という難役を務めるには、配下の与力、同心たちとの軋轢《あつれき》はできるだけ避けなければならないため任期中は我慢しても、辞めればそこまでである。上司たる町奉行の指示に従わなかった町方役人への不満が、間に立った内与力に向かうのは当然の結果であった。

「では、どうすればよろしいのでございましょう」

すなおに亨は問うた。

「町奉行所の不満をどういなすか。奉行への要望をうまく引き出し、どちらもうなずけるところで話を纏める。それを地道に繰り返すしかありませぬ」

困難だと西二之介が答えた。

「……難しい」

亨もため息を吐いた。

「一つだけ忠告を」

「なんでございましょう」

聞く姿勢を亨は見せた。

「ご自身の手柄を求められようとはなさいますな。町方は、嫉妬深いものでございまする」

「嫉妬深い……」

西二之介の言った意味が、亨にはわからなかった。

「町方は、他へ異動しませぬ。つまり、与力、同心合わせて百人ほどのなかで生きておりまする。さすれば当然上下ができまする。職分での差もあれば、禄高の差もある」

同心は三十俵二人扶持、与力は八十石とひとくくりにされている大坂町奉行所でも、厳密には差があった。与力は東西各三十騎、内与力東西五騎ずつ、合計七十騎で五千石という禄高を幕府から与えられている。ゆえに、平均すれば八十石近くになるだけの話で、五十石もいれば百石もいる。これは世襲ではない。代が変われば変動した。

親の功績もあり、一概に五十石開始ではないが、手柄を立てる前の五十石から、歳を重ねて増えていくのだ。

「そして、その差を生むのが手柄でござる。手柄がなければ、旨《うま》みのある役目へ移れませせぬ。そして禄も増えませせぬ。町方は皆、手柄に飢えておりまする。それをいずれ主君の異動で消えていく内与力に奪われては吾が身に付くものがなくなりましょう」

「なるほど」

亨は理解した。

「どうして、去りゆくわたくしに」

江戸へ帰れば、大坂の地を踏むことは二度とない亨に、親切な忠告をくれた。亨はその理由を問うた。

「……………」

一瞬、西二之介が頬をゆがめた。

「親心でござる」

「……親心」

思いもしなかった一言に亨は目を剝いた。

「それは……」

「さあ、もうお行きなさいませ。行列が辻を曲がって見えなくなりますぞ」

さらに問いつめようとした亨を西二之介が急かした。

曲淵甲斐守の行列は本町橋をこえて東に曲がった。大坂を離れる前に、京橋口にある東町奉行所へ立ち寄るのが慣例となっているからであった。

「あっ。ごめん」

主君の行列を見失っては家臣としての資質が問われる。亨は、西二之介への質問を取りやめて、駆け出した。

「若いの。近くにいると鬱陶しいが、離れていくとなれば、その若さが好ましい。汚れきった我らには、二度と戻れぬところにおる」

亨の背を見送っている西二之介の隣に、中村一米が立った。

「ああ。まだ世の理《ことわり》が見えておらぬ。己が死んでも、明日はなんの支障もなくやってくるということに」

「変わらぬ明日こそ至福である。これが真理でござる。それをおわかりではない」

西二之介の後に、中村一米が続いた。

「上のお方は厄介払いできたとお喜びでござるが……よろしかったので」

「いたしかたございますまい。本人が行くと申したのでござる。押さえつけたところで、勝手に行くだけ。ならば、条件を付けたほうがまし」

中村一米の問いに、西二之介が苦渋の表情を見せた。

「妻に似て、強情に育ちました」

「呑みましょうや」

肩を落とした西二之介へ、中村一米が告げた。

三

大坂から江戸まで、男の足ならばおよそ十日の旅程である。だが、諸大夫《しょだいぶ》の格式として駕籠で東海道をくだらなければならない曲淵甲斐守は十二日かかった。

一度、屋敷に戻った曲淵甲斐守は、旅の汚れを落とし、翌日登城、老中松平周防守《すおうのかみ》康福《やすよし》より北町奉行に任じるとの旨を受け、そのまま北町奉行所内にある奉行役宅へと入った。

常盤橋《ときわばし》御門内にある北町奉行所は、大坂町奉行所とほぼ同じ大きさで、造りはよく似ている。白州を持った町奉行所に隣接するように、町奉行公邸があり、そこに町奉行は住んだ。

町奉行役宅の玄関に駕籠を着けた曲淵甲斐守は、年番方与力の出迎えを受けた。

「年番方与力、左中居《さなかい》作吾《さくご》でございまする」

老齢の与力が玄関式台で平伏していた。

「曲淵甲斐守じゃ。北町奉行を拝命した。よしなに頼むぞ」

駕籠を降りた曲淵甲斐守が立ったままで名乗った。

「顔見せをお願いいたしとう存じまする」

左中居が平伏したままで願った。

「わかった。案内いたせ」

曲淵甲斐守が首肯した。

町奉行は赴任すると、まず配下の与力、同心、牢奉行石出《いしで》帯刀《たてわき》、小石川療養所医師肝煎《きもいり》らを町奉行所の大広間に招いて、顔見せする慣例があった。

「一同出そろっておりまする」

すでに準備はできていると、案内した左中居が曲淵甲斐守の着座を待って告げた。

「うむ」

大仰にうなずいた曲淵甲斐守が、目を新しい配下たちに向けた。

筆頭与力と牢奉行石出帯刀を先頭にし、与力、医師が座敷に、筆頭同心が縁側、その他の同心が庭先に平伏していた。

「曲淵甲斐守である。このたび、上様の御命により北町奉行をあい務めることとなった。一同、面《おもて》をあげよ」

曲淵甲斐守が宣した。

「畏れながら、お答えをさせていただきまする。拙者吟味方筆頭与力、竹林一栄《たけばやしかずえ》と申しまする」

曲淵甲斐守から畳二枚分離れたところにいた壮年の筆頭与力が曲淵甲斐守を見た。

「許す」

「はっ。町奉行所の現況をお話しさせていただきたく」

竹林が面談を願った。

「わかった。明日の下城後でよいな」

「早速のご承知ありがとうございまする」

時刻を指定した曲淵甲斐守に、竹林が頭を下げた。

「左中居」

「これに」

二列目の中央から返答がした。

「この後すぐ、余のもとまで、目を通しておいたほうがよい書付を持て」

「承知」

曲淵甲斐守の要望に、左中居がうなずいた。

「では、一同、ご苦労であった」

解散を曲淵甲斐守が命じた。

町奉行所と奉行役宅は一枚の杉板で仕切られている。とはいえ、いつなにが起こるかわからない町奉行所である。杉戸はいつでも開けられるよう、鍵はかけられていなかった。

「左中居どの、どう見た」

役宅へ引っこんだ曲淵甲斐守の印象を竹林が問うた。

「まだわかりませぬな」

左中居が首を左右に振った。

「目付から大坂西町奉行を四年やって、町奉行への栄転か」

竹林が腕を組んだ。

「できるお方には違いございますまい」

左中居が述べた。旗本すべてに役職があるわけでもなく、優秀な者だけに仕事を与える形になってすでに百年をこえている。

「とくに目付は……」

「むう」

左中居の言いぶんに竹林が唸った。

目付は旗本の花形であった。千石高で諸大夫に任じられ、旗本、御家人の監察を旨とした。厳格勤勉で鳴り、優秀な旗本のなかから選ばれた。江戸城だけでなく、その威は天下に及び、公明正大であり、吾が父まで捕まえたという逸話もあるほどであった。

「その目付から大坂町奉行を経て、江戸に戻った。かなり優秀だ、というより上を見ているということだな」

「でなければ、難役と言われる大坂町奉行は務まりませぬよ」

左中居が語った。

「目付を経験した奉行は、皆厳格だというが……」

「大坂を見てきたのであれば、厳格が通じないとおわかりでしょう。大坂町奉行所のなかは、酷いものと聞きまする」

「ああ。それで四年も耐えたとなると、多少は融通が利くと見てよいかの」

「とは思いまするが……」

左中居が口を濁した。

「どう転ぶか、人というのは実際につきあってみねばわからぬもの」

「はい」

竹林の言葉に、左中居が同意した。

「とりあえずは、今まで通りでいこう」

「承知」

問うた竹林に、左中居が応じた。


町奉行の役宅だとはいえ、住むにはそれなりのものが要った。大名の屋敷替えのように襖障子まで持ちこまなくとも備えられているが、台所の茶碗から夜具、厠の落とし紙などは用意しなければならなかった。

さらに女中や小者、中間の追加も要る。

当座は本宅の女中や小者らで間に合わせるが、それではとても手が回らない。町奉行は激務である。この任にある間は休みなどないのだ。主が休めず働いているのに、奉公人が寝ているなど許されるはずもない。いつでも主の要求に応えられるよう、交代の人員が必須であった。

「女中は新たに四人、小者三人、中間五名を手配しましたが、若党はいかがいたしましょう」

亨の父、城見桂右衛門が、曲淵甲斐守に問うた。

「若党か……流れを雇うのは気が進まぬ」

曲淵甲斐守が難しい顔をした。

若党とは両刀を差した奉公人のことである。主人の供、手紙や荷物を持っての使者などに使われた。一応、身形《みなり》は武士であるが、流れは一期、半期の奉公人でしかなく、雇用の期間が終われば、身に刀を持つことは許されない。譜代の奉公人と違い、主家への忠誠など持ち合わせていない代わりに、いつでも放逐できるという便利さがあった。

「町奉行は江戸の治安を預かる。その町奉行が前身さえ明らかでない若党を雇い入れて、なにかあったら困る」

「ご懸念はわかりまするが、中間ではできぬこともございますし。曖簾のはっきりしている口入れ屋から雇い入れれば、さほどのご心配は無用かと」

城見桂右衛門が、意見を具申した。

「むうう……」

信頼する用人の発言にも曲淵甲斐守は即断しなかった。

「町奉行ともなりまするると、各所との連絡も多くなりまする」

もう一度城見桂右衛門が述べた。

町奉行の管轄は広い。江戸市中の町人地の支配、物価の統制、治安、防災、窮民共済、審判など多岐にわたる。その一部は他の役人と権限が重なってもいる。たとえば、品川の大木戸付近で起こった犯罪は、品川代官所と協議して担当をどちらにするかなどの取り決めをしなければならなかった。他にも大名火消しとの火事場における主導問題、勘定奉行との物価統制での駆け引きなど、枚挙にいとまがなかった。罪を犯した旗本の捕縛を目付から依頼されることもある。

これらの役人、役所との遣り取りが、欠かせない。とはいえ、一々町奉行が出向いてはいられない。そこで代理を立てるか、書状で打ち合わせるかが重要になってくる。その書状を届ける役目を若党はおこなう。

「吾が家臣では足りぬか」

曲淵甲斐守が問うた。

六代将軍家宣《いえのぶ》に付いて、甲府家から旗本に列した曲淵家は千六百五十石である。慶安二年（一六四九）十月に幕府が定めた軍役に従うと、千六百五十石の曲淵家には、三十六人の家臣がいなければならなかった。もっとも、これはまだ武家の内証が窮迫していない幕初のころに定められたもの、いや、戦国の気風が色濃く残り、家臣を多く抱えていることが忠義だと考えられていたころの基準であった。

しかし、泰平が長く続くと尚武の気風は消える。そして、それが武家の困窮の原因であった。戦がなければ、武士ほど意味のないものはない。戦って敵を倒すために武士はあり、手柄を立てることで、褒賞として禄をもらう。その基本が崩れた。

戦がなくなったことで、武家の増収の道は閉ざされた。代わりに、戦ですべてを奪われ、明日への希望を失っていた庶民たちが、泰平を謳歌し始めた。

ものを作り、売り、金を稼ぐ。稼いだ金が暴力で奪われなくなると、庶民は贅沢を覚える。麦飯で納得していたのが、白米でなければまずく感じる。酸い酒でも酔えさえすればよかったものが、舌触りが良くなければならないだとか、隣に美しい女がいなければとなる。

この贅沢が、世に浸透するに連れて、物価は上昇していく。なれど、武家の禄は変わらない。収入は同じで、支出は増える。先祖のように米と具なしの汁、漬け物だけの食事で我慢していればやっていけるが、人というのは一度贅沢を知ると、粗末に戻れなくなる。結果、武家は支出過多になった。

入るものが増えず、出ていくものが多くなる。そうなると赤字を埋めるために、借財をする。借財には利子が付く。やがて、借りた金は数倍にふくれあがってしまう。だが、収入は増やせない。となると支出を減らさなければならなくなる。

このとき、真っ先に整理されるのが家臣であった。戦がなければ、家臣は無用の長物なのだ。

結果、今の旗本で幕府の定めた軍役を守っている者はいなかった。

「当家に仕えております者は、二十八名でございまする」

すぐに城見桂右衛門が答えた。

「二十八名か。領地に何人要る」

　重ねて曲淵甲斐守が問うた。

　曲淵家は家宣のお気に入りとして、三百五十俵の廩米《りんまい》取りから、千六百五十石まで出世した。その過程として何度も加増を受けたため、領地が一カ所ではなく、数カ所に及んでいた。

　曲淵の知行地は、常陸国真壁郡五百五十石、武蔵国埼玉郡三百石、武蔵国大里郡五百石、三河国宝飯《ほい》郡三百石である。

　そのそれぞれに代官を置かなければならなかった。年貢の徴収、賦役の指名や、治安維持、訴訟の仲介あるいは裁断など、代官の職務は多岐にわたる。とても一人二人でできることではなかった。

「領地との連絡係も入れまして、十四名は最低」

「残るは十四名か。屋敷の維持を六名でできるか」

「ご親戚とのおつきあいを考えますと、いささかきつうございまするが」

　小さく城見桂右衛門が首を左右に振った。

「なんとかいたせ。残りをすべて町奉行のために使用する」

「承知いたしましてございまする」

主君の命とあれば、やむをえなかった。城見桂右衛門が引いた。

「あと石井だが、大坂で町方どもに飼われたわ」

「それは……」

城見桂右衛門が絶句した。

「さすがに江戸まで大坂の紐は付いてこぬだろうが、一度堕ちた者は弱い」

「いかがいたしましょう。放逐なさいますか」

主君の言い分を城見桂右衛門が認めた。

「江戸へ来てすぐに家中から放り出すわけにもいかぬ。それこそ、恨みでなにをどこへ言いふらすかわからぬでな。どこぞの知行所の代官をさせよ。禄もそうだな、半減してやれ」

「よろしゅうございますか。半減とはいささか」

城見桂右衛門が危惧した。

「大事ないわ。浪人させられればこそ、主君を売れる。わずかでも禄がもらえるかぎり、主家を危うくするようなまねはすまい。主家が潰れては、己も浪人することになる」

冷たく曲淵甲斐守が言った。

「続いて、内与力だが……」

曲淵甲斐守が思案した。

「そなたにさせたいが、無理であろうな」

「さすがに兼務は……」

ともに多忙である家宰と内与力の兼任は難しかった。

「わかった。では、坂木、田の仲、藤井、山上、そして亨に内与力を命じる」

「他の四人はわかりまするが、亨には重すぎましょう」

大坂町奉行所の内与力よりも、江戸町奉行所の内与力のほうがより困難である。

父ではなく、用人として、城見桂右衛門は、無理だと否定した。

「町奉行は長く務めるものだ。三千石以下の旗本にとって、上がり役ともいわれておる」

「存じておりまする」

城見桂右衛門がうなずいた。

役職にはふさわしい格というのがあった。どれだけ優秀でも二百俵は町奉行にはなれないし、馬鹿だからといって三千石の旗本を門番にはしない。曲淵家の家禄では、足し高を受けてやっと三千石高の役目をこなせる。

「儂は今年で四十五歳になった。町奉行としては若いほうじゃ。そして、町奉行ほど慣れの要る役目はない。御上は、儂を町奉行として十年以上お使いになるおつもりであろう」

「十年でございますか」

城見桂右衛門が一瞬考えた。

「足し高よりも持ち出しが多くならねばよろしいが……」

「そのへんは気を付ける」

用人の意見を無視することは当主といえどもできなかった。曲淵甲斐守が、わずかに頬をゆがめた。

「話を戻すぞ。亨を今から内与力にしておけば、十年先にはかなり手慣れた者になっておろう。他の坂木たちは、もう五十歳だ。十年経てば、より心利いたる老練な内与力となっていようが、江戸の町を走り回ることはできまい」

「たしかに」

主君の話に、城見桂右衛門はうなずいた。

「それに亨はいずれ、そなたの後を継ぎ、曲淵を差配することになる。そのためにも世間を知らさねばなるまい。町方ほど、世間を知るにふさわしい役目はない」

「多少、庶民寄りに傾きすぎているきらいはございますが」

城見桂右衛門が同意した。

「あと、大坂で痛い目を見せた。それで多少は育ったはずだ」

「お手数をおかけいたしました」

息子の不手際を、父親は詫びた。

「もうよい。家臣を育てるのも主君の仕事じゃ」

曲淵甲斐守が手を振った。

「では、しばらく、その人事でいく」

「わかりましてございまする」

城見桂右衛門が了解した。

「お奉行さま」

話が終わるのを待っていたかのように、声がかかった。

「その声は……左中居とか申したな。入れ」

曲淵甲斐守が許可した。

「では、わたくしはこれで」

入れ替わるように城見桂右衛門が腰をあげた。

「うむ」

曲淵甲斐守が退出を認めた。

「ご希望のものをお持ちいたしましてございまする。さすがに量が多ございますゆえ、前任の依田和泉守さまの折りのものだけでございまするが」

「その他のものもあるな」

「はい。例繰《れいく》り方《かた》で保管いたしております」

確認した曲淵甲斐守に、左中居が首を縦に振った。

「ご苦労であった。下がってよい」

「ご説明をいたさずとも……」

左中居が戸惑った。

「かまわぬ。わからぬことは、明日、説明の折りに訊く」

「はっ。では、本日はこれにて」

曲淵甲斐守の言葉に、左中居が去っていった。

「さて、儂をどのていどと見ておるかの」

山二つほどある書付を楽しそうに曲淵甲斐守が見た。


主君の前から下がった城見桂右衛門は、そのまま役宅を出て、曲淵家の屋敷へと戻った。曲淵家の屋敷は、木挽《こびき》町三丁目の裏通りにあった。

用人は大名でいう家老に当たる。旗本では、当主に次ぐ格を持つが、あくまでも家臣でしかない。用人の出入りに、表門は開かれず、城見桂右衛門は潜り門を通った。

「ただいま戻った」

城見桂右衛門は、玄関から御殿にあがらず、そのまま長屋へと帰った。

「お帰りなさいませ」

八十石では、侍身分の家臣を雇う余裕はない。出迎えたのは、中間の弥輔であった。

「亨は」

玄関のない長屋はさほど広くはない。

「お呼びでございまするか」

奥から亨が顔を出した。

「いたか。書斎へ来い」

城見桂右衛門が、亨を誘った。

「座れ」

「はい」

父の指示で、亨は書斎の下座に腰を下ろした。

「さきほど殿よりご内意があった。そなたに内与力をお命じくださる」

「わたくしに……」

亨は目を剝いた。

大坂で内与力を解任された経験がある。亨はより困難とされる江戸町奉行の内与力になれるはずはないと思っていた。

「町奉行は長く務める役目である。若い者に経験を重ねさせ、五年先、十年先に役立つよう育てるとのご意思である。それにそなたが選ばれた。ご恩を感じよ」

「畏れ多いことでございまする」

父の言葉に、亨は平伏した。

「心せいよ」

「はい」

うなずいた亨は顔をあげた。

「父上、外出いたしてもよろしゅうございましょうや」

「どこへ参る」

「道場へ顔を出して参ろうかと」

問われた亨は告げた。

「剣術か……うむ。内与力をするならば、腕が鈍っていては困るな。よろしい。だが、剣術だけでは奉行所は務まらぬ。勘定方のように算盤を使えずともよいが、御定書百カ条はそらんじられるほどにならねばならぬ。他にも町屋の触れなども理解せねばならぬ。勉学を怠るな」

「……はっ」

諭す父に、亨は少しためらってからうなずいた。

四

旗本の家臣には門限があった。

日が暮れるまでに戻らないと欠け落ち者として咎めを受ける。さすがに幕初のように、一日帰ってこなかったていどで放逐されたり、上意討ちが出るようなことはないが、厳しい亨の父城見桂右衛門の激怒は避けられない。

すでに昼七つ（午後四時ごろ）近い、亨は足を速めた。

「おられまするか、師匠」

小半刻（約三十分）ほど歩いた亨は、辻を曲がった奥にある屋敷を訪れた。

「誰じゃ。昼からは休みだぞ」

文句を言いながら、老人が玄関まで出てきた。

「おぬし……城見ではないか」

老人が亨の顔を見て驚いた。

「大坂から帰ってきたのか」

「昨日、江戸へ着きましてございまする」

亨が答えた。

「まあ、あがれ」

「はい」

促された亨は、道場へと通った。

「稽古を再開するのだな」

道場の上座で、師が確認した。

「はい。本日はそのご挨拶にと」

亨は首肯した。

「二年ぶりじゃ。腕を落としてはおらぬか。いや、訊くより見たほうが早い。木刀を取れ」

師が立ちあがった。

「お願いをいたしまする」

稽古を付けてやるという師に、亨は喜んだ。

「来い」

道場の中央に立った師が木刀を構えた。

「参りまする」

目下から打ちかかるのが礼儀である。亨は青眼《せいがん》の構えから木刀を跳ね、突っこんだ。

「…………」

膝をたわめた師が、すばやく避けた。

「くっ……」

力を込めた一撃を外されると体勢を立て直すのが難しくなる。亨はその場で足を止めず、駆け抜けることで間合いを取った。

「ふん」

師が鼻先で笑った。

「稽古を怠けてはいなかったようじゃの」

「打ち稽古はできませせなんだが、素振りと型だけは欠かしておりませせぬ」

体勢を整えながら、亨は答えた。大坂にも道場くらいはあろう」

「打ち稽古をなぜしなかった。大坂にも道場くらいはあろう」

咎めるように師が訊いた。

「大坂に道場はございましたが、どれも学ぶにふさわしくございませなんだ」

亨が述べた。

「稽古はこれまでだ。どうして大坂の道場を見切った」

木刀を置いて、師が上座へ戻った。

「大坂へ移りましてすぐ、同流になる一刀流道場を訪ねましてございまする」

「うむ」

語る亨に師が首肯した。

剣術を生涯の目標とする者はけっこういた。家を継げない武家の次男以下、商才のない商人の息子などである。実家がそこそこの金を持っていれば、道場へ通わせ、才能があれば諸国修行へと送り出してくれる。このとき、同流の道場が大きな助けになった。

一刀流だけでなく、すべての流派は相互扶助を旨としている。これは修行者を受け入れ、寝食を提供する代わりに、なにかあったときの手伝いを頼むのだ。

ただ、昨今喰いかねた浪人が、同流の者と偽って、長逗留をするというのが増えたため、紹介状がないと受け入れてもらえなくなってはいたが、亨は師亀井平蔵《かめいへいぞう》の添え状を持っていたおかげで、道場見学はなんの問題もなく許された。

「道場の羽目板脇、もっとも下座で稽古を見学したのでございまするが……」

名の知れた剣術者ならば、道場主の隣、あるいは左右の上座に招かれるが、亨のような若い修行者は軽く見られる。

「あれではそこらの子供が箒《ほうき》を振っているほうがまだまし」

「ほう……」

顎を振って亀井平蔵が先を促した。

「初心の者ならば、腰の据わらぬこともございましょう」

剣術を始めたころは、誰でも木刀を振ることに意識を持っていかれ、腰や足運びなどがどうしても留守になる。振った木刀に身体が吊られ、よろめくのは初心者の特徴であった。

「それが道場に掛けられた名札の上から数えたほうが早い者だったのでございます

る」

亨は続けた。

「さらに驚いたのは……」

一度亨は言葉を切った。

「その踊りを、師範が褒めたのでございまする。上達著しいと」

媚《こ》びるような師範の顔を思い出した亨は表情をゆがめた。

「なるほどの。それで見限ったか」

「はい」

亨は認めた。

「浅いの」

亀井平蔵の声が厳しくなった。

「わたくしがでございまするか」

叱られるはずはないと思いこんでいた亨は、驚愕した。

「当たり前じゃ。儂がなぜ、その顔を見たことさえない道場主や門弟を叱らねばならぬ」

啞然としている亨に亀井平蔵があきれた。

「わからぬのか。道場は門弟にとって修行の場である。と同時に、道場主の生活の糧でもある。どれほど道場主が高潔な精神の持ち主であろうとも、天下第一の遣い手であろうとも、弟子がいなければ道場はなりたたぬ。道場は商売じゃ」

亀井平蔵が話した。

「商売……」

「当たり前じゃ。ただで誰が技を教える。己が艱難辛苦《かんなんしんく》を乗りこえてようやく摑《つか》んだ奥義だぞ。見合うだけのものがなければ、教えられるわけなかろう。剣術遣いというのは、それで喰っていくことができる者である。どれほどの名人上手でも、金なしでは生きていけぬ。弟子を持つことで束脩《そくしゅう》を手にするか、技をもって仕官し、禄をもらい飼われるか。そのどちらかを目指して、剣術を磨く。そうであろう」

「…………」

亨はなにも言えなかった。

「不満か」

「いえ」

師の言いぶんに文句は付けられない。亨は首を左右に振った。

「ふん」

亨が納得していないのを亀井平蔵が気づいて、鼻を鳴らした。

「道場を開ける。それだけでかなりの腕だと知れる。まあ、なかには実家が金持ちという腕なしもいるが、その手は弟子が集まらぬ」

「弟子が……」

「それさえもわからぬのか。おまえはどこの箱入り娘じゃ」

亀井平蔵が大きく嘆息した。

「強くない師匠に誰が師事する。師匠は弟子にどこかで強さを見せねばならぬ。挑んでも勝てぬと教えねば、金を払ってまで習おうとは思うまい」

「では、あの大坂の師範も」

「相応に遣えるだろう。おぬしは、弟子の稽古が終わった後で、腕を見せ、応じてもらえばよかったのだ。それさえせず、途中で帰ったのだろうが」

「…………」

亀井平蔵の言う通りであった。弟子たちの技量の低さに見切りを付けた亨は、稽古が終わる前に挨拶さえせず道場を出ていった。

「まったく、他人を見る目を養え」

「はい」

なにも言い返せなかった亨は、頭を下げるしかなかった。

「明日から稽古に出てこい」

「それが……」

鍛え直すと言った亀井平蔵に、亨は内与力の内示が出たことを告げた。

「そなたが内与力……甲斐守さまも思いきったことをなさる」

亀井平蔵が感心した。

「…………」

なんとも返答ができず、亨は黙った。

「ならば、出てこられるときでよい。稽古を付けてやる。ああ、束脩を忘れるな」

束脩とは弟子から師匠へ納める授業料のようなものである。入門のときに一括、一年ごと、節季ごと、月ごとなど道場によって支払い方法は違っていた。亀井道場では節季ごとに二分と決められていた。

「わかっておりまする」

亭はうなずいた。

町奉行の勤務は朝日の出とともに始まった。

「当番与力、水島圭吾《みずしまけいご》にございまする」

起床した曲淵甲斐守の前に、鋭い目つきの与力が座った。

「…………」

無言で先を促した曲淵甲斐守に、水島が告げた。

「昨夜、ご威光をもちまして、江戸市中安寧でございました」

町奉行所には、宿直《とのい》番の与力と同心がいた。日が落ちてから昇るまで、町奉行所を管轄し、状況に応じて町奉行などへ報告する。それほどではないと判断した軽度の事件ならば、職権をもって処理することもあった。

もちろん、その場合は翌朝かならず奉行に詳細を報せなければならなかった。

「ご苦労であった」

曲淵甲斐守は水島を下げた。

話を聞きながら朝餉をすませた曲淵甲斐守は、すぐに町奉行所へ足を運び、そこで奉行所内の実務を取り仕切る年番方与力の左中居を呼び出した。

「本日はなにかあるか」

曲淵甲斐守が問うた。

「内与力になられる方のお名前をお教え願いとうございまする。いろいろとお話しいたさねばならぬことがございますれば」

左中居が求めた。

内与力は、直臣格を与えられるとはいえ、曲淵甲斐守の家臣、すなわち陪臣である。陪臣はどれだけ高禄であろうとも、徳川家の旗本、御家人よりも格下になる。五万石という大名並みの知行を与えられている加賀百万石の筆頭宿老の本多家でさえ、町同心には譲らねばならないのだ。

しかし、町奉行所の内与力だけは違った。

どういう経緯を経てなのかは不明だが、内与力は、筆頭与力と同格として扱われた。

「わかった。後で全員来させる。他には」

「格別なことはございませぬ」

左中居が首を左右に振った。

「では、登城する」

曲淵甲斐守が、役宅へと戻った。

町奉行は、寺社奉行、勘定奉行とともに、幕府三奉行と呼ばれ、政に参加することができた。もちろん、政令を作ることはできないが、意見を具申できる。他に、評定所でおこなわれる五手掛かりという大がかりな裁定にも同席できた。

ために町奉行は朝五つ（午前八時ごろ）に登城し、昼八つ（午後二時ごろ）まで城中の席にいなければならなかった。

「出立」

役宅から曲淵甲斐守が行列を仕立てて登城していった。

「坂木、田の仲、藤井、山上、そして亨は待て」

見送りに立った家臣のうち、五名を城見桂右衛門が留めた。

「なんでござる、用人どの」

もっとも嵩《かさ》高な坂木が、用件を問うた。

「おぬしたちに内与力を命じるとのことである」

「我らに」

城見桂右衛門の話に、一同が片膝をついた。主君の言葉を用人を通じてとはいえ、立ったまま聞くというわけにはいかなかった。

「いかにも。おぬしたちはこのまま町奉行所へ行け。そこで年番方与力左中居作吾さまより、話を聞くように」

「承ってござる。参ろう」

城見桂右衛門の指示に、坂木がうなずき、一同を促した。

役宅と町奉行所を繋ぐ杉戸を出た五人は、廊下ごしではなく、一度内玄関へと回った。これはまだ内与力として正式に認められていないために、遠慮したのである。

「内寄合所でお話をいたしましょう」

内玄関で待っていた左中居が、一同を案内した。

町奉行所は敷地二千六百坪余り、建坪千八百坪余りと大きい。内寄合所は、その奉行所建物の南側中央にあった。

奉行の居間になる裏居間に隣接し、普段は奉行が配下の与力、同心と打ち合わせや、話などをする場所であった。

「どうぞ、お座りを」

左中居が五人に上座を勧めた。

「それはあまりに失礼である」

坂木が上座を拒み、座敷の右手に腰を下ろした。

「畏れ入る」

旗本への気遣いを受け取って、左中居が軽く一礼した。

「内与力に任じられたお方たちでござるな」

「いかにも」

確認した左中居へ、坂木が首肯した。

「ご就任おめでとうございまする」

祝いを述べた左中居が続けた。

「さて、内与力についてご説明をさせていただきましょう。まず、身分は与力、禄は二百石をこえぬ範囲でお願いいたしまする。ただし、知行地ではなく、禄米としての支給になりますので、年間二百俵」

「二百俵……」

坂木らが思わず声を出した。

選ばれた五人のなかでもっとも家禄が多いのは、亨の城見家の八十石である。続いて坂木家の六十石、残りの三人は五十石から四十石である。年間にして、八十俵から四十俵ていどでしかない。年収がいきなり三倍から二倍にあがった。

「ただし、奉行所惣出役の折りの指揮は執れませぬ。江戸は将軍家お膝元でございますれば、大坂とは事情が違いまする。江戸では吟味方が最上席になりますゆえ」

「当然でござるな」

坂木が同意した。

同心たちは町奉行所に所属している。それぞれに町内を担当し、そこを護《まも》っているという矜持《きょうじ》がある。与力とはいえ、内与力という仲立ち役では捕り物の指揮など執れない。

「次に、なにをするにも人手が要りましょう。奉行所より小者を一人お付けいたしまする。もちろん、小者の給金は、奉行所が持ちまする」

「それは助かるな。我らは江戸町奉行所に慣れておらぬ」

坂木が喜んだ。

「最後にこれを」

左中居が、紫の袱紗《ふくさ》のような生地に包まれたものを五つ出してきた。

「これは……」

袱紗袋を見た坂木が首をかしげた。

「十手《じって》でござる」

左中居が一つの袱紗袋を開いた。なかから白色の房を付けた白銀の十手が出てきた。

「これは内与力の身分を表すものでございまする」

「内与力の……ということは、ご貴殿のものは違うのでござるか」

坂木が問うた。

「わたくしが拝領いたしておりますものは、こちらでございまする」

懐から金襴緞子《きんらんどんす》の袋を出した左中居が、そこに入っていた十手を見せた。

「朱房……」

十手には朱房が付けられていた。

「町奉行所は南北どちらも朱房でございまする。あと紫の房を付けておる者もおりまするが、あれは褒賞でござって、大きな手柄を立てた者にお奉行さまからお下げ渡しになりまする。現在、北町には与力二人、同心三人の紫房がおりまする」

左中居が房について説明した。

「今、お渡ししたのは拝領ものの十手でございまする。一応、拝領ものを使用するのが決まりではございますが、使いやすいものを手配してもかまいませぬ。ただし、それは私費でお願いをいたしまする」

「使いやすいように変えてよいのでござるか」

亨が思わず確認した。

「さようでございまする。ご入り用であれば、のちほど奉行所出入りの鍛冶職人をご紹介いたしましょう」

「それはかたじけなし」

左中居の厚意を亨は喜んだ。

「話は以上でございまする」

終わりだと左中居が告げた。

「ありがとうござる」

坂木が代表して礼を述べた。

「奉行所にお出での節は、与力控えではなく、こちらをお使いくださいますよう」

左中居が思い出したとばかりに言った。

「内寄合を」

「はい。内与力はお奉行さまとわたくしどもを仲介されるのがお役目。お奉行さまのお側にいていただかねば、困りまする」

確かめた坂木に、左中居がうなずいた。

「他になにか」

左中居が質問はないかと尋ねた。

「お白州はどこに」

亨は興味を口にした。

「このすぐ向こうでございまする」

すっと立ちあがった左中居が、内寄合の上座左の襖を開けた。

「おう」

亨たちは驚きの声を上げた。

そこには大坂西町奉行所のものを一回り大きくした白州があった。

「内寄合は、白州での吟味をお奉行さまが聞かれるところでもございまする。白州に引き出した罪人どもを吟味方与力が詮議いたしますようすを、ここからお奉行さまがご覧になる」

「それで、白州の隣に内寄合が」

亨は納得した。

「他になければ、本日はこれにて」

もう一度左中居が終了を宣した。

「お世話になり申した」

坂木が代表して礼を述べた。

「ああ、坂木どの」

内寄合を出かかった五人のなかから、左中居が坂木を呼び止めた。

「ご貴殿だけにお話が」

左中居が内談だと言った。

「わかり申した。皆は、殿のお戻りを役宅で待て」

坂木が首肯した後、亨たちに指示した。

他の内与力たちがいなくなるのを確認した左中居が坂木に正対した。

「お話とは」

坂木が問うた。

「町奉行職は長く在任されるのが常でございまする」

「そのように聞いておりまする」

左中居の言葉に坂木が同意した。

「奉行と町方は一心同体でなければ、江戸の町を守れませぬ」

「たしかに」

「そこで、お奉行さまと我々の間をお取り持ちいただきたく」

「……なにをいたせと」

坂木が警戒した。

「詳細はこのあと別所で」

「どこへ参るのでございますか」

「吉原に席を設けておりますゆえ」

左中居がささやいた。

主君の帰着まで、就任したての内与力に仕事はない。

「武道場をお借りして参りまする」

亨はもう一度奉行所へと足を運んだ。

町奉行の主たる任は、犯罪者の捕縛である。当然、町奉行所のなかに武道場があった。

「ごめん」

道場へ入る前、亨は両膝をついて、礼をした。

「このたび、内与力に任じられた城見亨でござる。ご一緒させていただいてよろしいか」

道場にいた先客に、亨は話しかけた。

「臨時見回り同心の神山元太郎《かみやまげんたろう》でございまする。どうぞ、ご遠慮なく」

先客が名乗り返した。

「では」

立ちあがった亨は、道場に足を踏み入れた。

町奉行所の武道場は、塀の内側に張り付くように建てられていた。広さも二十畳を少しこえるていどはある。二人が木刀を振るっても、まったく問題はなかった。

「一刀流でございますか」

しばらく亨の様子を見ていた神山が確認してきた。

「いかにも。ご貴殿は新陰流と拝見しましたが」

流派にはそれぞれ独特の足運びがある。亨も神山の流儀を読んだ。

「さようでござる」

神山が笑った。

「お手合わせを願えましょうや」

臨時見回り同心は定町廻りを勤めあげた練達のなかから選ばれる。奉行所に二人しかいない腕利きである。亨はていねいな応対をした。

「喜んで」

神山が引き受けた。

木刀を手に、二人が道場で対峙した。

「参る」

歳下の亨が、最初に声を出した。

「どうぞ」

神山が応じた。

「……………」

初見の相手にいきなり斬りかかるのは悪手である。亨は神山を窺《うかが》った。

軽く腰を落とした神山は、木刀を中段よりわずか下に構えている。

「後の先」

「はい」

呟いた亨に、神山が笑った。

後の先とは、相手の動きに応じて変化し、勝ちを取るもので、剣術の基本といえた。

「よし」

後の先とわかれば、先手の利を生かすべきである。亨は木刀を上段に変えた。

亨の学んだ一刀流は、小野《おの》派の分派である忠也《ちゆうや》派一刀流である。忠也《ただなり》は天下の名人小野忠明《ただあき》の実子である。徳川家の剣術指南役と二百石の家は長男の忠常《ただつね》が受け継いだが、一刀流の秘伝と家宝瓶割の太刀は、次男忠也に譲られた。その忠也の後を継いだのが亀井忠雄であり、亨の師匠亀井平蔵はその弟子であった。

一刀流は上段からの一撃に重きを置く。これを威の位といい、全身から発する剣気で相手を圧倒し、威竦めた上で一刀に仕留めるのを奥義としていた。

「威竦め……」

亨から出る殺気に、神山が表情を変えた。

「おうりゃああ」

裂帛《れっぱく》の気迫を発しながら、亨は駆けた。

「なんのお」

神山が腰を落とし、待った。

大きな音を立てて木刀がぶつかった。

「ぐうう」

神山が唸った。

「おう」

鍔迫り合いになった。亨は体重をかけた。

「…………」

互いの木刀に全力が集まった。

鍔迫り合いは、うかつに逃れようとしたときに負ける。

「城見どの」

「……はい」

木刀がきしみ始めたところで、二人が顔を見合わせた。

「このままでは折れまする」

「これまでといたしましょう」

神山の言葉に、亨は同意した。

「ふううう」

大きく神山が息を吐いた。

「かたじけのうございました」

亨は一礼した。

「町方のお方にも、これだけできるお人が」

「いや、臨時廻りと隠密廻りは、剣術が遣えねばなりませぬので」

感嘆した亨に、神山が述べた。

「相手を斬ることが……」

亨は大坂でのことを思い出した。

「斬りませぬ。いや、斬れませぬ」

神山が首を横に振った。

「斬れませぬ……」

亨は首をかしげた。

「しばしお待ちを」

軽く頭を下げて、神山が道場入り口にある刀掛けまで行き、己の太刀を手に戻ってきた。

「ご覧いただきたい」

神山が柄を亨へ向けて出した。

「拝見つかまつる」

右手を柄、左手を鞘に添えて太刀を受け取り、目より高く掲げた後、神山から少し離れたところで、そっと抜いた。

「……これは」

「刃引きしております。町方は下手人を捕らえるもの。斬ってはならぬのでございまする」

驚いた亨に神山が告げた。

「斬らずに戦う」

亨は息を呑んだ。

第五章　争闘の始

一

江戸町奉行が手出しできないのは、武家と寺社である。

武家は諸藩の藩士ならば、各家の監察方、旗本、御家人ならば目付あるいは徒目《かち》付の管轄になった。

僧侶と神官、寺侍、一部門前町に住む町人は寺社奉行の支配である。

だが、大名と寺社も町方になにかあったときのことを頼むため、金を渡していた。

寺社に町方は踏みこめないが、寺社領域でないところでの事件をもみ消すために、町方に気遣いを見せていた。

もう一つの武家も同じである。さすがに旗本は気にしないが、大名家は国元から出府してきた藩士たちと江戸の町人のもめ事をうまく収めるため、町方に気を遣っていた。

そしてなにより大きなものが、商家から集まる出入り金であった。大坂では立ち入りと呼ばれていたものが、江戸では出入りと名を変えていた。

寺社、武家、庶民が町方に渡す金は、どれもなにかあったときに、町方に便宜を図ってもらうためのものである。家臣や奉公人から犯罪者が出たときのもみ消し、犯罪に遭ったときの対応など、名のある武家や商人にとって、町方とのつきあいは重要なものであった。

これら節季ごとに届けられる金は、家禄の少ない与力、同心の重要な収入であった。

「よしなにお願いをいたす」

「いつもいつもお気遣いをいただき、ありがたく存じまする」

袱紗包みを差し出した西国外様大名家の留守居役に、北町奉行所年番方与力左中居は礼を述べた。身分からいけば、直臣になる与力が上だが、相手は金主である。左中居はていねいな対応をした。

「そろそろ月見のころでございまする。昨年同様、吉原で一献差し上げたく存じまするが、左中居さまのご都合をお聞かせいただきたく」

金は北町奉行所で分配される。それ以上の繋がりを町方と結びたければ、個別に接待しなければならない。留守居役が吉原での遊興に誘った。

「今は奉行交代を終えたばかりで、なにかと忙しくしておりまして。月見には多少遅れますが、八月の終わりであれば」

新任の町奉行に町方の仕事を説明するのも与力の仕事である。左中居は少し先にしてくれと言った。

「月見でなくとも、秋の楽しみは他にもございまする。趣向はお任せいただいても」

留守居役は藩の外交官である。幕府役人の接待はなかでも重要な任になる。留守居役が述べた。

「楽しみにいたしておりまする」

左中居が頬を緩めた。

「では、これにて」

用はすんだと、留守居役が八丁堀にある左中居の組屋敷から帰っていった。

いかに皆で分配するとはいえ、堂々と奉行所で遣り取りするわけにはいかない。出入り先から金を受け取るときは、それぞれの屋敷でと暗黙の取り決めがあった。

「二十両か。十年一日のごとくだな。少しは増やそうと思わぬのかの。まあ、五万石ほどの小藩ではいたしかたないか」

さきほどまでの愛想笑いを消して、左中居が小判を数えた。

「そろそろ新しい出入り先を探さねばならぬかの。諸色は高騰しておるのに、出入り金は変わらぬ。これでは実入りが減っているのも同然」

左中居が難しい顔をした。

「さて……」

金を持った左中居が、組屋敷を出て、三軒隣の筆頭与力竹林一栄の組屋敷を訪れた。

「お邪魔する」

「まあ、あがれ」

竹林が左中居を書斎へ通した。

「今、筑前秋月《ちくぜんあきづき》の留守居役が参りましてな。これだけ置いて帰りましたわ」

左中居が小判を差し出した。

「例年通りでござるかな」

竹林が数えず、目だけを小判に向けた。

「さよう。まあ、昨今の窮迫ぶりを思えば、よしとせねばなりますまい」

左中居が告げた。

「たしかにの。ここ数年、まったく出入り金をよこさぬ大名、商家が増えたことを思えば、秋月は小藩ながら、よくがんばってくれておる」

竹林が褒めた。

「吉原にも誘ってもらいました」

「よくわかっておるな。秋月はいい留守居役をお持ちよな」

接待の話をした左中居に、竹林がうなずいた。

「誰か若い者を連れて参りましょうか」

「そうよな。高積見回りの保田《やすだ》を誘ってやれ。なかなか高積見回りでは、吉原などを奢《おご》ってはもらえぬからの」

竹林が言った。

高積見回りとは、商家や回船問屋が積み上げている荷物が危険かどうかを判断するのが役目である。何度も荷物が崩れ、怪我人が出たため、この役目が設けられた。町方では、端役扱いされ、待遇も悪く、同心になったばかりの若い者が任じられた。

「喜びましょう」

左中居が竹林の気配りに感心した。

「しかし、そろそろなにかしらの手を打たねばなりませぬな」

声を真剣なものに変えた左中居が述べた。

「うむ。このままの状況を見過ごしていると、今はまだ出入り金をくれているところまで、離れていくだろう。なんでもそうだが、人は多きに流れる。金を出さぬ者が増えれば、そちらに出していた者が引きずられていく。なんとしてもそれは避けねばならぬ。もし、出入り金がなくなれば、我らは生きていけぬ」

竹林も難しい顔をした。

町方の与力、同心は不浄職と蔑まれる。そのためか、同じ武家からはじき出されていた。さらにその任が町屋であることもあり、町方役人は、姿だけ武家で中身町人といった風になっていた。

当然、町人文化の影響を露骨に受ける。武家としての誇りより、町屋の粋や贅沢を好む。

その一つが紺足袋《こんたび》であった。江戸は上州の乾いた風を受けているためか、砂埃《すなぼこり》が多い。そんな江戸の町で紺足袋を履けば、半日ほどで真っ白になる。汚れれば洗えばいい。たしかにそうだが、紺足袋は一度でも水を通せば、色あせる。色あせたものを履く。これは江戸の粋に合わないだけではなく、貧しいとの証にもなる。だからといって白足袋は当たり前すぎて、粋とは呼ばれない。粋を自慢している町方役人が、無粋と笑われることに我慢できるはずもない。町方役人は一度履いた紺足袋は、まだまだ使えるにもかかわらずこれを捨て、毎日新しいものをおろしていた。

他にもいろいろあるが、このような無駄をしていては金が要る。町方の禄、とくに同心の三十俵二人扶持では、やっていけなかった。

「どうしましょう」

左中居が問うた。

「つきあいのない商人を勧誘するしかなかろう」

「乗りまするか」

竹林の言葉に、左中居が疑問を呈した。

「乗らせるしかない。商人は利があると思えば、金を出す」

厳しい目で竹林が言った。

「利……」

町方の出入り金は、儲けを生むものではない。左中居が首をかしげた。

「直接金にならぬ利というのもあろう。たとえば、盗賊に襲われぬなどな」

「盗賊に襲われぬ……どうやると。まさか、火除《ひよ》けの秋葉《あきは》権現《ごんげん》さまのお札のようなものを配るなどとは言われますまいな」

「ふざけているわけではない」

危惧する左中居に、竹林が不快な顔をした。

「夜回りを増やすのはどうだ」

「なるほど。火の番や盗賊除けの用心棒が不要になれば、そのぶんの金が浮く」

左中居が手を打った。

「それこそ、すべての商家が出入りとなった町内には、小者を常駐させてもよかろう。小者なら一人五両も出せば、雇えよう」

竹林が提案した。

人足仕事の日当が二百五十文ほどである。雨などで休むことも考えて、人足の年収はおよそ六万文、小判にして十両ほどになる。それからいけば、五両は安いが、町方の小者ともなれば、余得も多い。担当している町内からもらう心付け、煮売り屋などでの飲食の割引などがある。いや、まちがいなく、給金より余得のほうが金になる。募集をかければ、それこそ行列ができるほど来るはずであった。

「ただ、今まで払っていてくれた店への心遣いが要る。いきなり新規が優遇されてはおもしろくなかろう」

「それはそうでございますな」

左中居がうなずいた。

「まずは、今の出入り先の見回りを強化して、実績を見せてからだな」

金をくれている店と、そうでない店を区別する。治安を担当する者として、してはいけないことを竹林は平然と口にした。

「はい」

竹林の言葉に左中居が同意した。

「かといってその効果が出るまで、遊んでいるわけにもいくまい」

「新規勧誘はせねばなりませぬな」

「うむ」

竹林が首肯した。

「どこから参りましょうや」

左中居が問うた。

「やはり新規開業の店、最近江戸へ出てきた商家だな。その資料はあるか」

「例繰り方になければ……少なくとも年番方にはございませぬ」

確認された左中居が首を左右に振った。

例繰り方も年番方も奉行所のなかで書類を扱う役目である。町方における資料は、すべてこの二つが管轄していた。

「例繰り方にもなかろうな。例繰り方は、過去の犯罪に関するものを収集しておるだけじゃからな」

例繰り方を支配する吟味方与力の竹林が否定した。

江戸の城下町を管轄している町奉行所とはいえ、庶民の戸籍や移動、店舗の開業、廃業などにはかかわっていなかった。

「廻り方同心に訊くのがもっとも早いだろう」

竹林が提案した。

廻り方同心とは、別名定町廻りと呼ばれる町方の花形である。一定の範囲を担当として与えられ、その治安に責任を持つ。月番、非番のかかわりなく、毎日管轄を巡り、各町内が設けている自身番に顔を出した。

また、町内の有力者を御用聞きとして配下にし、いろいろな情報も集めている。当然町内のことには精通している。それこそ、どこの娘が男と駆け落ちしたから、大家の家の猫が子を産んだまで知っていた。

「たしかに町内の変化にもっともくわしいのは、定町廻りでございますな」

左中居が納得した。

「明日、見回りに出る前に集め、指示をいたしましょう」

「廻り方同心は、吟味方の下だ。任せてよいか」

「はい。ですが、金の収集と分配は、別の者にお願いをいたしまする」

訊いた竹林に、左中居が応じた。

「長年の出入り先をもっとも多く持っているおぬしが適任なんだが、新任奉行の相手もしてもらわねばならぬ。大坂町奉行を経験していたゆえ、目付からいきなり町奉行になったような堅物とは違うと思うが……」

「大坂からはなにも」

問いかけるように見た竹林に、左中居は首を左右に振ってみせた。

「上方の連中は、気が利かぬ。奉行がどのような考えをしていたか、大坂時代にどのようなことをしたか、なにに興味を持っていたか、内与力に選ばれた者たちはどんな奴だったか、それがわかればかなり違うというに」

竹林が吐き捨てた。

「大坂は金を出さねば、なにも教えてはくれませぬ」

「金か……」

左中居の言葉に、竹林が息を吐いた。

「上方の連中は、下卑すぎじゃ。同じ町方同士、連携すべきであろうが」

「そうは言われまするが、大坂と我らでは血縁もございませぬし」

町方はその性格上、組内での縁組が多くなる。江戸の与力、同心は何度も婚姻、養子を重ね、身分をこえて親戚であった。

「大坂は、最初の町奉行に付けられていた者たちが土着したものであったかの」

「だったかと」

同じ町方とはいえ、江戸と大坂は遠い。嫁を出したりもらったりのつきあいはなくても当然であった。

「少し調べますか」

「奉行をか」

「はい」

左中居が首を縦に振った。

「下手すれば改易、よくてお役御免と言われたあの大坂で手柄を立てての出世でござる。いささか気になりまする」

大坂の悪評は誰もが知るところであった。

「金でしか動かない大坂の連中を使いこなした」

「使われたくなかったのに、使われたのかも知れませぬが」

考えるように言った竹林に、左中居が続けた。

「気になるな」

「人をやりましょうか」

左中居が訊いた。

「誰を行かせる」

「心利いたる者でなければいけませぬ。いかがでございましょう。去年、息子に代を譲って隠居した、もと隠密廻り同心の五十土《いかづち》は」

訊かれた左中居が名前を挙げた。

「隠居して烏斎《うさい》と名乗っているあやつか。小うるさい爺だが……」

竹林が少しだけ嫌な顔をした。

隠密廻り同心は、町奉行直属になる。禄は町方から出るが、町奉行から隠し扶持をもらうことも多く、上司である筆頭与力の指示に従わないことも多い。

「……わかった。遊んでいるならばよかろう。この金を遣え」

今左中居から渡された秋月家からの二十両から半分を分けて、竹林が押し出した。

「のちほど指示しておきまする」

左中居が十両を受け取った。

「要らぬ出費よな。町奉行はなかなか代わらぬが、その分交代のたびに面倒が来る」

竹林が大きく嘆息した。

「新しいお奉行さまは、なにを言い出されるかわかりませぬので」

左中居もため息を吐いた。

「だの。甲斐守さまは千六百五十石であり、三千石の町奉行にはいささか足りぬ。そのうえ、若い。まだ四十五歳であったか」

「そう聞いておりまする」

竹林の確認に左中居は認めた。

「格上の役目に若くして就く。嫌な予感しかせんな」

「もう一つ上を狙うと」

左中居が尋ねた。

町奉行は旗本がなれる役目としてはほとんど上がりに近い。町奉行以上となれば、大目付、留守居、側用人になる。どれも役高五千石で、大名扱いを受けるものばかりである。

　このなかでもっとも力があるのは、将軍の側で政の手助けをする側用人であった。将軍と老中の仲を取り持ったり、将軍の下問に答えたりするのが役目で、小納戸や小姓など将軍の側で仕えていた寵臣と呼ばれる者が昇任していく。五代将軍における柳沢吉保《やなぎさわよしやす》を例に出すまでもなく、側用人から若年寄、老中へと出世する者も多く、ほとんどが加増を受けて大名になる。ただ、若いころから将軍に可愛《かわい》がられた者でなければ、まず就任できなかった。

　旗本出世のもっとも花形が側用人ならば、大目付、留守居はその対極であった。大目付、留守居の格は高い。留守居は役人の格を定めた大概順で五位、大目付は十三位である。町奉行が十四位であることから見ても、格の高さがわかる。

　だが、実権はまったくなかった。

　大目付は、別名大名目付と呼ばれることからもわかるように、大名の監察を任としている。まだ豊臣恩顧の大名が多くいた幕初は、大目付は花形であった。どれだけ多くの大名を潰し、徳川に仇《あだ》なす者を減らすか、大目付は鵜の目鷹の目で外様大名に睨みを利かせてきた。ただ、それはわずか八十年ほどで終わった。大名を潰せば、それだけ浪人を生み出すことに幕府が気づいた。四代将軍家綱のとき、軍学者由井正雪《ゆいしょうせつ》が、全国の浪人を糾合して、謀叛を起こそうとしたことが大きな転機となった。幸い、謀叛は始まることなく潰された。戦国が終わり、戦場を知る者もいなくなった。武士も泰平を謳歌している。そんなときに主家を潰して、武士という戦う者を野に放つのは、かえって良くないと身をもって知った幕府は、大名をよほどでなければ潰さないように政策を変えた。この結果、大目付は名前だけの飾りになった。大名を潰すことが手柄になる大目付が、幕府から動くなと言われたに等しいのだ。それ以上の出世はない。

留守居も同じであった。幕府の留守居は諸藩の留守居役と違って、外交などをおこなわない。その名前の通り、留守居は将軍が江戸城を離れたときの代理であった。将軍がいないときは、城中すべてを支配し、いざとなれば旗本に惣出役を命じることもできる。まさに旗本頭とも言うべき名誉ある役目である。しかし、将軍が江戸城から出なければ、なにもすることはない。京や日光へ将軍が行かなくなって久しい。どころか、江戸近辺で鷹狩りさえしなくなったのだ。留守居の出番はない。留守居も大目付同様、飾りに落ちた。

これ以上の出世はないが、ともに旗本としては最高峰にある。そのうえ、この両役は慣例として、就任さえすれば足し高ではなく、加増を受ける。役目を離れれば、失われる足し高とは違う。子々孫々まで受け継いでいける家禄が増えるのだ。

「狙っておられよう」

「…………」

無言で左中居が竹林に同意を表した。

「大坂での手柄が忘れられぬと」

「うむ」

竹林がうなずいた。

「我らの尻を叩いてこよう。城中で御老中さまのご機嫌取りをするのも大事だが、目に見える結果も要るだろうからな」

竹林も小さく首を左右に振った。

「疲れることだ」

「まったくでござる。江戸市中のことなど、お歴々にわかるはずはございませぬしな」

「わかろうともせぬ」

「左中居どの」

「竹林どの」

与力二人が、顔を見合わせた。

「どうするかを決めねばならぬ」

竹林の声が低くなった。

「奉行を潰すか、上に押し上げるか」

「剣呑なことだけを言うな。共存するというのもあるぞ」

若い者はどうしても白黒つけたがると竹林があきれた。

「共存できましょうや」

左中居が疑問だと言った。

「出入りをどう見るか次第だな。入り用なものとして、認めてくれるか、目を瞑《つむ》ってくれるか。理想をいえば、知り合いに出入りを勧めてくれるとありがたいが、さすがにそれはせんだろう」

「賄の強要でございますから、出世の妨げどころか、咎めを受けまするる」

左中居が否定した。

「それよ、問題は。出入り金を不浄なものとして禁じるような奉行ならば……」

最後まで竹林は言わなかった。

「伝家の宝刀を抜くと……」

左中居が唾を呑んだ。

「……」

竹林はそれに返答しなかった。

二

江戸の町の夜は暗い。

一応、決まりで辻の角には街灯があり、一定の明るさを保持しなければならないのだが、一夜中油を供給しなければならない手間や、その費用の負担などの理由で、ほとんど守られていなかった。

「気を付けろよ」

「へい」

明かりのない辻から男たちが数人湧き出た。

「手はずに抜かりねえな」

頭分が後に続いた配下に確認した。

「勝手口の木戸が開けられるはずで」

配下が答えた。

「よし、合図を」

頭分の指示で、配下が勝手口の木戸を叩いた。

「……………」

待っていたように、閂《かんぬき》が外され、なかから身形を整え、手に風呂敷を持った女が顔を出した。

「ご苦労だったな。また、頼むぞ」

「お先」

頭分のねぎらいに小腰を屈めた女中が、木戸から出て夜の江戸へ紛れて消えた。

「しっかりしてやがる。あの風呂敷のなかは、新造の着物や簪《かんざし》だぞ」

見送った頭分があきれた。新造とは商家の妻のことである。手引き役として入りこんでいた女は、当たり前だがそのまま店に残るわけにはいかない。盗人と入れ替えに消えるのだが、そのとき行きがけの駄賃といろいろなものを盗んでいくことが多かった。

「あんなやつだから、裏切らねえ。己も捕まれば首が飛ぶからな。開けられたからと喜んでなかに入ったら、町方に囲まれましたは勘弁だからな」

頭分が女の消えた闇を見た。

「さっ、こちらもお勤めをすますぞ。蔵を破れ」

「へい」

別の配下がうなずいて、背中に担いでいたずだ袋から鉄の棒を取り出した。

「音を立てるなよ」

「手抜かりはございやせん」

鉄の棒を持った配下が、蔵の横腹に取り付いた。

そのまま鉄の棒で、蔵の横腹に穴を開け始めた。

「あそこに鉄板は入っていねえだろうな」

「へい。ちゃんと大工に聞いてありやす。鉄板は背面と右横、左横は蔵の両端だけ。あのあたり三尺（約九十センチメートル）ほどにはありやせん」

最初の配下が述べた。博打《ばくち》や酒に溺れ落ちぶれた大工のなかには、己の手がけた商家の間取りや蔵の造りなどを盗賊に売る者もいた。

「おい、途中で入れ替わってやれよ。一人だと疲れる。作業が遅くなるからな」

「合点で」

頭分の言うように、配下たちが入れ替わり立ち替わりして、半刻（約一時間）ほどで、小柄な男一人が出入りできるほどの穴が開いた。

「豆」

「出番でやすか」

ずっと控えていた小柄な男が、苦労なく穴から蔵のなかへ入りこんだ。

「おい、受け取ってくれ」

なかから手が出て来た。

「おう」

すぐに穴近くにいた配下たちが、切り餅を受け取った。

「……頭、これで」

しばらく遣り取りした後、小柄な男が穴から顔を出した。

「意外と少ねえなあ。六百はあると思ったが、切り餅十四、三百五十両とはな。まあ、しかたねえ。欲張って、店の者に見つかっては、面倒だ。帰るぞ。道具を忘れるな」

頭分が撤収を命じた。


商家の朝は早い。夜明けとともに表戸を開け、商いを始める。その前に奉公人を起こし、朝食を食べさせなければならないのだ。奉公人たちの食事の用意をする女中は、夜明け前に起きなければならなかった。

「ああ、眠い」

毎日のことで身体が慣れている。寝過ごすことはないが、それでも眠たいのは変わらない。いつものように目覚めた小間物問屋讃岐《さぬき》屋の女中さわは厠で用をすませ、雨戸を開けて手水《ちょうず》を使おうとした。

「……あれっ」

手を洗い終わったさわは、夜明けの薄明かりのなかに浮かんでいる蔵に違和を覚えて、見直した。

「わ、わ、だ、誰かあああ」

蔵に穴が開いていると気づいたさわが絶叫した。

町内になにかあったときは、まず自身番に報告が入る。

「親分にお報せを」

自身番が町内を担当する定町廻り同心に付いている御用聞きのもとへと走った。

しかし定町廻り同心が来たのは、昼前であった。

「どうなった」

ゆっくりと歩いて自身番に来た定町廻り同心は、勝手に置かれていた湯飲みを取りあげ、薬缶《やかん》の白湯《さゆ》を飲んだ。

「へい。どうやら一カ月前に雇った女中が手引きしたようで。蔵の横腹が破られて、店の金三百五十両が奪われました」

一通りの調べをすませ、自身番で待機していた御用聞きが答えた。

「女はどうした」

「朝から、姿は見えやせん」

御用聞きが首を左右に振った。

「口入れ屋はあたったのか」

まともな店は、女中の雇用に、口入れ屋を介在させる。身許のわからないものを雇ってなにかあっては困るからだ。口入れ屋は女中や男の奉公人を斡旋《あっせん》するとき手数料を取る代わりに、もめ事のあったときの責任を負った。

「口入れ屋は、町内の水戸《みと》屋でござんした。太助を走らせやしたところ、女中の身許ははっきりとしてやした。人別の控えも檀家《だんか》証文も水戸屋にございました」

「ほう……」

定町廻り同心が、声を上げた。

「どこだ、在所は」

「水戸屋に残されていた書付によると……在所は伊豆の韮山《にらやま》村だそうで」

「遠いな」

答えに定町廻り同心が苦い顔をした。

「どうしやす」

御用聞きが問うた。

「面倒だが奉行所から伊豆代官に問い合わせをかけさせるしかあるめえ」

「なんでしたら、うちの若い者を行かせやすが」

御用聞きが提案した。

「金は出さねえぞ」

「…………」

冷たく言った定町廻り同心に、御用聞きが黙った。

町奉行所からの正式な問い合わせとなれば、伊豆韮山代官所も動かなければならないが、町奉行所の正式な小者でさえない御用聞きの手下とあれば、相手にしてくれない。となれば、足で訊いて回るしかなくなる。当然日数も増えるし、いろいろと融通を利かせるための心付けも要る。費用が嵩んだ。

「讃岐屋だろう、やられたのは」

定町廻り同心が確認した。

「へい」

御用聞きがうなずいた。

「出入りじゃねえしな」

冷たく定町廻り同心が言った。

「……………」

御用聞きが黙った。

「まあ、お役目だからな、調べはするさ。ただ、すべて手順を踏んでになるだけだ」

「はあ」

やる気のない定町廻り同心の話に、御用聞きが小さくうなずいた。

伊豆韮山代官への問い合わせには、老中の許しが要った。町奉行から要望を記した書付を出し、それが御用部屋で認可されてから、代官所へ送られる。それも飛脚ではなく、定期便での遣り取りになる。行きも帰りもそれとなれば、返答が町奉行所まで届けられるには一カ月以上かかる。

「被害はどれほどだ」

「金が三百五十両と新造の小袖が四枚、鼈甲《べっこう》の簪と櫛《くし》が一組で」

「身代の割に少なくねえか。讃岐屋といえば、五代続いた老舗だろう。さすがに将軍家お出入りじゃねえが、諸方の御用達をしていたろう」

「へい。高松の松平さま、岡山の池田さま、阿波の蜂須賀《はちすか》さま、明石《あかし》の松平さまからお許しをいただいていたかと」

御用聞きが告げた。

「それだけの店ならば、蔵に千両はあるはずだが……おいっ、樋助《ひのすけ》」

定町廻りが、御用聞きを手招きした。

「……へい」

つきあいの長い御用聞きである。すぐに応じた。

「讃岐屋の評判はどうだ」

小声で定町廻りが訊いた。

「二年前に代替わりがあってから、あまりいい評判は耳にしやせん」

町内を把握してない御用聞きなどいない。すぐに樋助が答えた。

「先代は隠居か」

「いいえ。急病死だったそうで」

御用聞きが首を左右に振った。

「今の当主は若いのかい」

「へい。まだ三十路《みそじ》には届いていねえはずで」

　定町廻りの質問に、樋助が述べた。

「生き馬の目を抜く江戸で、老舗を護るにはちと頼りないか。手慣れた番頭とかはいなかったのか」

　老舗には、丁稚《でっち》から奉公して何十年、商いのすべてを知り尽くした老練な番頭がかならずいた。

「放り出してしまったようで」

　樋助が小さく息を吐いた。

「父親の代からの番頭じゃ、頭はあがらない。それが嫌だったのかね」

　煙管《きせる》の煙草《たばこ》を定町廻りが吸い付けた。

「となれば、三百五十両は痛いな」

「さすがにそのていどで潰れはしませんでしょうが……」

「いい親戚筋があるだろうから、そのくらいの金なら融通してもらえるだろうがな。その代わり、親戚から目付役が送りこまれるだろう」

定町廻りが煙草盆の角で、煙管を叩いた。

老舗には、のれん分けしたり、嫁取り婿迎えをした親戚が多くある。それらはなにかと手を組んで、商売を盛り立てている。なにか災難があったとき、商才の問題ではなく被害を受けたときなどは、援助を惜しまない。もっとも、無償で金を出す商人はいない。これは親戚の店が潰れたと噂になると、そこまで危ないのじゃないかと世間が勘違いしたり、あるいは親戚さえ助けない薄情な奴だと非難したりされかねないからだ。

こういうときの融資は緊急である。証文はかわしても、割に合う担保を取らないことがほとんどである。そのとき貸した相手が頼りなければ、貸したほうから目付役が出された。

「我慢できまぃな」

「………………」

呟く定町廻りに、樋助は沈黙した。

「この一件、おめえに預けた」

「旦那は」

「ちと与力さまと相談しなきゃいけねえことができた。奉行所へ戻る」

定町廻りが早足で自身番を出ていった。


内与力の一日は、町奉行と同じになる。夜明け前に長屋を出て、役宅まで出勤する。五人いる内与力は、宿直番を交代で務め、それ以外は暮れ六つ（午後六時ごろ）になると屋敷へ帰る。

主が休みなく働いているのだ。家臣である内与力が休めるはずもない。亨は毎日北町奉行所まで通った。

「おはようございまする」

夜が明ける前に、亨の長屋に町奉行所からの迎えが来た。

「ああ。ご苦労だな」

すでに用意を整えていた亨は、太刀を腰に差して長屋を出た。

「参次郎《さんじろう》、昨夜はなにかあったか」

「新し橋の讃岐屋盗賊の一件はご存じで」

「昨日の昼に報告があったやつか」

参次郎の言葉に、亨はうなずいた。

江戸の治安は悪くない。さすがに掏摸《すり》や空き巣は日常茶飯事であるため、いいとは言えないが、徒党を組んでの盗賊騒ぎなどそうそうない。

「さようで。あの一件に進展がございました」

「捕まえたのか」

「さすがにそれは無理でございましょう」

参次郎が苦笑した。

「ありえない話じゃないだろう。江戸の町方は優秀だと聞いた」

「…………」

褒めたのか、皮肉かわからなかったのだろう。参次郎は返事をしなかった。

「で、なにがあった」

話を亨はもとに戻した。

「口入れ屋の水戸屋をご存じで」

「讃岐屋に入りこんでいた女中を紹介したところだったか」

亨は覚えていた。

「さすがでございまする」

参次郎が称賛した。

「で、水戸屋がどうした」

「水戸屋から届け出がございまして、あの女中が見つかったそうで」

訊かれた参次郎が答えた。

「捕まったのか」

「それが……」

参次郎が困惑した。

「どうした」

はっきりしない参次郎に、亨が先を促した。

「女中が水戸屋に帰ってきたのでございまする」

「昨日の今日でか。馬鹿か、それとも……」

一度言葉を切ってから、亨は続けた。

「別人かだ」

「さようでございまする。本人の言によりますと別人だとか」

参次郎が首肯した。

「讃岐屋の確認は取っているだろう」

「はい。まるきり違うそうで」

亭の確認に、参次郎は告げた。

「どういうことだ」

「一応水戸屋の説明では、紹介したときはまちがいなかった。で、女中によりますと、讃岐屋を紹介されて向かう途中で、水戸屋の使いというのが、追いついてきて、別の場所へと案内されたそうで」

「別のところ……」

亭は首をかしげた。

「讃岐屋の寮だと言われ、小梅村まで連れていかれたらしく」

小梅村は浅草の対岸である。田畑の間に、名のある商家の寮が点在していた。

「そこでなにを」

「寮の番と手入れを命じられたと」

質問に参次郎が述べた。

「よくわからぬが、一カ月も寮にいたというのか」

「十日に一度ほど、店の番頭だというのが、様子を見に来ていたそうで、そのとき米とか味噌《みそ》とかをくれ、それで生活をしていたと申しております」

「その食料が尽きたので、水戸屋に顔を出した」

「はい」

参次郎が答えた。

「わかった」

話をしているうちに、亨と参次郎は町奉行所に着いた。

三

町奉行所に着いた亨は、まず曲淵甲斐守へ挨拶に出た。

「おはようございまする」

「うむ」

書付に目を落としたまま、曲淵甲斐守が応じた。

「殿、いえ、お奉行、少しよろしゅうございましょうか」

申しわけなさそうに亨は声をかけた。

「……なんじゃ」

顔をあげずに、曲淵甲斐守が問うた。

「讃岐屋の一件、お耳に入っておりましょうや」

「当番与力から、先ほど説明を受けた」

曲淵甲斐守が言った。

「気になるか」

「はっ」

亨は曲淵甲斐守を見た。

「その文箱のなかを見るがいい」

曲淵甲斐守がちらと目を動かした。

「拝見」

膝を進めて、亨は文箱に近づいた。

「………」

文箱のなかには、昨日夕刻から今朝までの間に曲淵甲斐守が処理した書付が入っていた。

「これか」

亨は順番を崩さないように気を遣いながら、目を通していった。

何枚目かの書付を亨は手にした。

「伊豆韮山代官への問い合わせ」

亨は中身を読んだ。

「それだ。昨日、左中居が書いてくれと申して参った」

「これは……」

「そうか。知らぬわの」

曲淵甲斐守が見ていた書付を置いた。

「他の役所に協力を求めるには、このような手続きが要るのだ。まずはこれをご老中さまへ提出し……」

書付の意味を曲淵甲斐守が説明した。

「迂遠《うえん》な」

亨はあきれた。

「そういうものじゃ」

「誰か町方の者を伊豆へやれば、よろしいのではございませぬか」

亨が疑問を呈した。

「町奉行所の者は、江戸を出れば、なんの権もない。代官所に手助けを求めることも、庄屋や村名主に話を訊くこともできぬ。ああ、質問はできるが、相手が答えなくとも、文句は言えぬ」

「そのようなものでございまするか」

曲淵甲斐守の説明に、亨はなんともいえない顔をした。

「職分を侵すことだけはしてはならぬ。これは役人の不文律じゃ。これを破れば、周りすべてを敵にする」

「そこまで……」

亨は絶句した。

「ゆえに、手続きをしなければならぬ」

「手続きが要るとは理解いたしました」

主君の出世を妨げるわけにはいかない。亭は理不尽な慣例を呑みこんだ。

「讃岐屋に入りこんでいた女中が偽物であったとの報告は」

「受けた」

問うた亭に、曲淵甲斐守が答えた。

「では、これは無意味ではありませぬか」

ここに人別を持つ女ではないとわかったのであれば、確かめに行く理由はない。

亭は納得できないと口にした。

「…………」

無言で曲淵甲斐守が亭を見つめた。

「なにか」

「少しはものごとを考えるようになったな」

曲淵甲斐守が頬を緩めた。

「…………」

「不足そうな顔をするな」

一層、曲淵甲斐守が笑った。

「余もそう思う。無駄だとな」

曲淵甲斐守が笑いを消した。

「ではなぜ」

「無駄なことをするなと、求めてきた吟味方与力に意見をすることは簡単だ。おそらく、あっさりと左中居は引くであろう」

「どういう意味があると」

さらに亨は困惑した。

「さあの」

あっさりと曲淵甲斐守がわからないと述べた。

「それを調べるために、左中居の願いを聞いてみた。ものは正式なものであるからな。書いたところで、余にはなんの損もない」

曲淵甲斐守も役人であった。しかも、ここまでなんの失敗もなく、出世を続けてきた能吏である。決して、己の不利をまねくようなまねはしない。

「調べてみよ」

「わたくしがでございまするか」

亨は目を剝いた。

「わたくしではなく手慣れたお方にお命じなされたほうが」

「最初にそなたがかかわったからの。他の者に命じるならば、もう一度説明せねばなるまいが。そのような二度手間をする暇はない」

そう言うと曲淵甲斐守が、書付へ顔を戻した。

「……はあ」

大坂町奉行も多忙ではあったが、それ以上に江戸町奉行は激務である。江戸町奉行には幕府の政への参加が命じられる。五つ（午前八時ごろ）から八つ（午後二時ごろ）まで登城し、定められた座で待機していなければならなかった。もちろん、町奉行所から持ちこんだ書付を見るていどのことは許されるが、それでも配下の与力たちを連れていけるわけではないので、決裁はほとんど進まない。ただ、老中たちからなにか下問されたとき、すぐに応じられるよう控えているだけであった。

貴重な半日を、無駄に過ごさなければならない。本来ならば、老中に嘆願して、待機場所を町奉行所に変更してもらうべきであるが、代々の町奉行の誰一人としてそのことを口にしなかった。

城中にいる。旗本の出世を握る老中の目に留まるところにいる。将軍の声が届く場所にいる。役人たちにとって、これほどの場所はなかった。

どれほど熱心に仕事をしていても、佐渡奉行、駿河《するが》町奉行ら遠国奉行では、そう目立たない。

大坂町奉行という遠方に赴任したことで、四年の間出世の道を閉ざされたに等しい曲淵甲斐守も、内心たまらないと思いながら、大人しく城中で書付を読んでいた。

「甲斐守さま」

お城坊主が近づいてきた。

「なにかの、お坊主どの」

機嫌の良い顔で、曲淵甲斐守が応対した。

お城坊主はお目見え以下の身分で、禄も二十俵二人扶持役金二十七両と少ない。

だが、その職務が大きな力を持っていた。

お城坊主は江戸城中における雑用いっさいを担う。城中での使者、湯茶の接待、厠への案内など、お城坊主の手を経なければ、城中にいる者はなに一つできないようになっている。老中たちの身の回りの世話をすることもあり、権門とも親しい。

お城坊主に嫌われると、悪評が老中の耳に入ったり、頼んだ用事を放置されたりする。逆に気に入られれば、いい噂を流してくれたり、思わぬ手助けをしてくれたりした。

お城坊主を敵に回して無事ですむ役人はいなかった。

「ご老中松平周防守さまが、お呼びでございまする」

「周防守さまが……それは急がねばならぬ。お坊主どの、お報せかたじけない」

礼を述べて、曲淵甲斐守が腰をあげた。

御用部屋には老中の使う上と若年寄が詰める下があった。どちらも幕府の執務部屋として城中の中央にあり、他職の出入りを厳しく制限していた。

なかでも上の御用部屋は、老中以外の入室が認められていなかった。ただ、老中の執務を補助するという名目で、奥右筆と選ばれたお城坊主だけが出入りできた。

「ここでお待ちを」

曲淵甲斐守を案内してきたお城坊主は、上の御用部屋前の廊下で足を止めた。

「わかっておる」

首肯した曲淵甲斐守が、廊下に座った。

上の御用部屋付近は、老中と面会する役人、大名が多く控えることもあり、廊下にも畳が敷き詰められていた。

「……待たせた」

小半刻（約三十分）ほどして、ようやく松平周防守が御用部屋から出てきた。

「いえ、御用繁多と存じておりまする」

曲淵甲斐守が応じた。

「うむ。では、早速だが用件を話そう。付いてこい」

松平周防守が先に立った。

「はっ」

その半歩後ろに曲淵甲斐守が従った。

四

老中と役人、大名が密談する場所は決まっていた。御用部屋から近い黒書院溜《たまり》である。黒書院溜は、将軍の謁見に使われる黒書院の準備をおこなうための控えであった。

黒書院の奥にあり、庭に出っ張るように立てられていることから、周囲に人が近づきがたく、密談するにはなによりの場所であった。

「入れ」

先に松平周防守が溜に足を踏み入れ、曲淵甲斐守が襖を閉めた。

「城下に盗賊が出たそうだの」

「お耳に届きましたか」

二日前の話をすでに老中は知っていた。

「老中にはいろいろと伝手があるゆえな」

松平周防守が言葉を濁した。

「…………」

曲淵甲斐守は黙った。

「盗賊どものことについて、なにかわかったか」

「今朝ほど、奥右筆まで願いをあげましてございまする。北町奉行所の調べで
……」

わざわざ北町と告げてから、曲淵甲斐守が今までのことを語った。

「ほう……」

松平周防守が声を上げた。

「人別をごまかしたとなれば大罪よな。隠れ切支丹《きりしたん》の疑いも出る。宗教改めとなれば、大目付の任になるの」

人別は菩提寺《ぼだいじ》が管理する。これは、キリスト教徒ではないという証明も兼ねている。人別の偽装は隠れキリシタンを疑わなければならなかった。

「と申すより、口入れ屋の紹介状を取りあげて、入れ替わっただけではないかと」

そこまでのものではなかろうと曲淵甲斐守が否定した。

「であろうな。隠れ切支丹が盗賊をしたという記録はない。余もよくは知らぬが、切支丹には盗みをしてはならぬという教えがあるそうだしの」

松平周防守が同意した。

「……甲斐守。無駄とわかっていて、なぜ書付を出した」

懐から松平周防守が、今朝曲淵甲斐守が奥右筆に渡した書付が出てきた。

「すでにお手元に参っておりましたか」

曲淵甲斐守が苦笑した。

「与力から出された願いではございますが、規則にのっとり妥当なものだと判断いたしました」

「確かに手続きとしては問題ない。だが、意味はない。それをそなたは妥当だと言うか」

松平周防守の表情は厳しかった。

「手続きが正しければ、粛々と進めるのが役目だと思いまする」

曲淵甲斐守が松平周防守へ反論した。

「……むう」

正論に松平周防守が唸った。

「ただ勘定の無駄遣いはよろしくないかと考えておりまする」

すかさず曲淵甲斐守が続けた。

「……なにが言いたい」

松平周防守の声が低くなった。

「まずご老中さまのご意見をお聞かせいただきたく存じまする」

役人としての保身を曲淵甲斐守が図った。

「………」

無言で松平周防守が曲淵甲斐守を見た。

「……大坂はどうであった」

しばらくして松平周防守が問うた。

「いささか酷いかと」

曲淵甲斐守が真綿で包むようにして言った。

「隠すな。余も大坂城代を二年務めている」

松平周防守が手を振った。

老中松平周防守康福は、石見浜田藩主である。家督を相続した後、奏者番、寺社奉行、大坂城代を経て、老中になった。譜代名門大名として順調な出世を重ね、老中としても七年の経験を持つ。

「わたくしが存じておりますのは、大坂西町奉行所だけでございまするが」

「それでいい。申せ」

限定した曲淵甲斐守に、松平周防守が認めた。

「酷いものでございました。町方というより、商家の御用聞きというべきでございましょう」

「……………」

無言で松平周防守が先を促した。

「しかし、それで大坂はなりたっておりました。大坂は商いの地。江戸への反発も強うございまする。大坂は都になり損ね、江戸に奪われた恨みを抱いておりまする」

豊臣秀吉が大坂に城を築き、都として整備した。それを徳川は破壊した。

「そんなことはどうでもいい。百五十年以上も前のことをしつこい」

松平周防守があきれた。

「もっと大きな問題があろう」

「金でございますな」

「そうだ」

満足そうに松平周防守がうなずいた。

「大坂の商人から金を借りていない大名はない。かく言う余も少ないが借財がある。

大坂の商人に強く出られないところは、そこにある」

「…………」

返答しにくいことである。曲淵甲斐守が黙った。

「まあ、大坂はいい」

松平周防守があっさりと話を切った。

「大坂のことは大坂城代が責である」

己もその職にあった割に、松平周防守は冷たかった。

「大坂城代さまになにか」

推薦してくれた松平和泉守のことを曲淵甲斐守は気にした。

「和泉守は残念だ」

「えっ……」

「そうか、そなたは和泉守と親しかったの。知らなかったか。和泉守が病に倒れた。今、御用部屋では、後任の人事を考えている」

「倒れられた……ご体調があまり芳しくないとはお見受けいたしておりましたが……」

先日胸を押さえていた松平和泉守の姿を曲淵甲斐守は思い出していた。

「老中を目前に無念ではあろうが、人は病に勝てぬ。なにより、執政は体調管理ができねばならぬ。己が倒れて政に穴が開いては迷惑がかかるであろう」

「はい」

健康でなければ激務である町奉行など務まらない。曲淵甲斐守もそれについてはまったくの同意であった。

「大坂のことはもうすんだ。問題は江戸である」

「はあ……」

曲淵甲斐守があいまいな返答をした。

「では、聞こう。江戸はどうだ」

「まだ赴任したばかりであまりよくわかっておりませぬ」

曲淵甲斐守が首を横に振った。

「ならば質問を変えよう。江戸はどうあるべきであるか」

逃げようのない質問を松平周防守がぶつけてきた。

「江戸は上様のお膝元でございまする。厳格な規範で治安が守られ、不穏な状況に陥ってはなりませぬ」

江戸町奉行として模範ともいうべき回答を曲淵甲斐守はした。

「そうだ」

松平周防守がうなずいた。

「江戸は天下の模範でなければならぬ。江戸がしっかりしておらねば、大坂はもとより、他の遠国になにも言えぬ。足下さえまともにできぬ者の命など誰も聞くまい」

「まことに」

曲淵甲斐守も同じ思いであった。

「甲斐守よ。そなた田沼主殿頭《とのものかみ》どのを存じおるか」

「まだお言葉をいただいたことはございませぬが、お名前は」

問われた曲淵甲斐守が告げた。

「なかなかの人物ではあるが、政にかかわられた経験が浅い。ああ、ご自身は十分な素質をお持ちだが、いささか出自があれでな、政務の助けになる代々の家臣がおられぬ」

「………」

迂闊《うかつ》に返答できないことであった。松平周防守は田沼主殿頭のことを遠回しに執政としてふさわしくないと言っている。これに同意すれば、松平周防守の派に与《くみ》し、田沼主殿頭を敵に回すことになる。

「ふん」

沈黙した曲淵甲斐守に、松平周防守が鼻を鳴らした。

「主殿頭どのは、幕政を大きく変えるおつもりである」

「幕政を変える……」

曲淵甲斐守が怪訝な顔をした。

「年貢を米から金に替えようと、いや、百姓よりも商人から金を集めようと考えている」

「なっ……」

武士は米が穫《と》れる土地を争って生きてきた。武士にとって米はまさに命であった。その米を金に替える。

「むうう」

曲淵甲斐守は唸った。

米を年貢として集めても、自家消費分を残してあまりは売り払い、金にしてからものを買っている。最初から金でもらえば、換金の手間がないだけ楽になる。

「頭ではわかっていても、納得いくまい」

松平周防守が見抜いたように言った。

「いきませぬ」

「おぬしのようにものの理がわかる者でさえ、納得できぬのだ。もし、そうするとなれば、旗本、御家人どもの反発はすさまじかろう」

「はい」

曲淵甲斐守が首肯した。

「武士の反発だけではない。金を商人から集める。これがなにを意味するかわかるか。商人はただで金を出さぬ。金を出すならば、それだけの利を求めよう。わかるだろう。商人の力が強くなる。そうなれば、江戸は大坂と同じになる」

「大坂と同じ……武士の威厳がなくなりまする」

松平周防守の言いたいことを曲淵甲斐守は理解した。

「江戸から武士の威厳が消えれば、幕府は倒れる」

真剣な表情で松平周防守が述べた。

「商人どもをこれ以上増長させてはならぬ」

「主殿頭さまをご説得……」

「できるわけなかろう。主殿頭は上様のご信頼を一身に受けている」

吐き捨てるように松平周防守が言った。

田沼主殿頭意次《おきつぐ》は、父の代に八代将軍吉宗に付いて江戸へ出てきた。吉宗の小納戸として働いた父の後を継いだ意次も、九代将軍家重の側近くで仕えた。その後十代将軍家治の寵愛《ちょうあい》を受け、あっという間に立身し、六百石から万石をこえる大名になった。

「主殿頭に任せる」

政でも家治に全幅の信頼を置かれている。

「まあ、主殿頭の忠誠は上様にあるゆえ、不忠なまねをするとは思っておらぬ。主殿頭は、御上のためになることしかせぬ。だが、あまりに性急である。鎌倉以来、六百年続いた慣習を一年やそこらで変えてしまうなど、無理がありすぎる」

「仰せの通りでございまする」

曲淵甲斐守も同じだと言った。

「まちがっておらぬ主殿頭の行動を止めるわけにはいかぬ」

「…………」

松平周防守の言葉の裏に、家治の寵臣に逆らうことへの恐怖が含まれていると曲淵甲斐守はわかった。

「だが、幕政の混乱を招くことは許されぬ。それは執政衆全体の罪である」

責任を負わされるのを避けたいという執政の意思が見えた。

「そこでだ。金を出す商家たちを押さえようと思う」

松平周防守が、ようやく本題を口にした。

「それで私を」

曲淵甲斐守が納得した。

「ああ。そなたは商人の強い大坂を経験してきた。あいにく南町の牧野大隅守は、勘定奉行から町奉行になった。商人に近すぎる」

去年南町奉行になった牧野大隅守成賢《しげかた》は、小普請奉行から作事奉行、勘定奉行と役方を歴任してきている。番方出身の曲淵甲斐守とは形の違った能吏であった。

「大隅守に比して、そなたは江戸の商人どもとの縁が薄い」

「はい。特定の商人とのつきあいなどございませぬ」

商人とのつきあいを疑われては、町奉行は終わる。はっきりと曲淵甲斐守が断言した。

「そして、商家を管理するのは勘定奉行ではなく、町奉行の役目。そこで余はそなたに白羽の矢を立てた」

「なんなりとお命じくださいませ」

ここまで聞いておいて、今さらごめんは通らなかった。老中を敵に回して生き残れる役人などいない。曲淵甲斐守が、少し頭を垂れた。

「商家から抵抗の術《すべ》を取りあげよ」

「抵抗の術でございますか」

あまりに漠然としすぎている要求に、曲淵甲斐守が戸惑った。

「商家を取り締まるべきは町奉行所である。それはわかっておるな」

「もちろんでございまする」

そう言われて気づかないようでは、町奉行まで上ってこられるはずもない。すぐに曲淵甲斐守が読み取った。

「町方が商家に手加減をいたすことのないよう、町奉行所の風紀を厳しくいたしまする」

「うむ。町方のなかには、商家から金を受け取り、ささいなことならば目こぼしする輩《やから》もいるという。これが真実であれば……」

「……………」

真実だと知っている曲淵甲斐守は、なにも言えなかった。

「これは商人どもが御上の威厳を軽んじておるのだ。金さえ出せば、なんでもできると思いこんでしまう。それは見逃せぬ」

「わかりましてございまする。わたくしにお任せくださいませ」

それ以上執政に言わせてはならない。曲淵甲斐守が宣した。

「よろしかろう。ではの。忙しいのでな」

満足そうにうなずいた松平周防守が、足早に黒書院溜を出ていった。

「……ふうう」

一人残された曲淵甲斐守が肩の力を抜いた。

「町奉行所の与力、同心から商家を切り離せか……無茶を言われる」

曲淵甲斐守が大きく息を吐いた。

目付、大坂西町奉行を経験してきたとはいえ、曲淵甲斐守は堅いだけの役人ではなかった。目付で厳格な法の遵守が必須だと知っていながらも、やむをえない違反もあると理解していた。

「町方が出入りと称する商家や大名を持ち、金をもらうのは、禄が少なすぎるためだ」

曲淵甲斐守が独りごちた。

「禄でいえば、町方同心の三十俵二人扶持は少ないが、同様の役目はいくらでもある。書院番同心、大番組同心も同じ。どころか代官手代などになれば、二十俵二人扶持まで下がる。それと比すれば、町方だけが冷遇されているわけではない」

幕臣の最下級まで降りれば、黒鍬者《くろくわもの》がある。江戸市中の路《みち》を管理する黒鍬者は、武士身分でさえない中間扱いであり、その禄は十二俵一人扶持と同心の半分もない。

「ただ町方には、出費が多い。御用聞きに与える金だけでなく、町の噂を集める者への小遣いも自腹だ」

曲淵甲斐守が続けた。

「江戸の町屋を護る町方同心は、隠密廻り、臨時廻りを入れても、各奉行所に十名ほどしかおらぬ。これで八百八町の治安を維持するなど無理じゃ。少なくとも、担当区域である町内のことを完全に把握していなければどうしようもない。町内に新しい者が入った、誰かが引っ越したという基本を知るのはもちろん、みょうに最近羽振りが良い、あるいは見知らぬ連中が出入りしているなども摑んでいなければならぬ。それを十人でできるはずはない。当然、手助けがいる」

幕府は御用聞きを弊害ある者として、何度も禁止した。

法度をもっとも厳格に執行しなければならない町奉行所で、一向に御用聞きの排除が終わらないのは、いなくなれば江戸の治安が崩れるからであった。どの町奉行も口では、御用聞きなどという怪しげな者を使うなと禁じていながら、それ以上の行動を起こしてはいない。それは町奉行も、御用聞きなしに、町方はなにもできないとわかっているからであった。

「しかし、その手助けの金を幕府は支給しない」

幕府勘定方は、明文化できないものへの予算を認めない。どうしても御用聞きや、噂を売りこんできた者への支払いは、町方与力、同心の自腹となる。

「薄禄でそれは無理だ」

町方同心の年収はおよそ十二両である。庶民が一カ月生活するのに一両かかると言われている。家賃が要らない組屋敷とはいえ、武家としての体面を保ちながら、十二両で一年暮らすのは厳しい。その家計から御用聞きの給金、噂の代金などを支払うのはまず無理であった。

「禁じるのは容易《たやす》い。触れを出し、違反した者、従わない者を目付に引き渡せばすむ」

曲淵甲斐守は目付出身である。目付がどのような者か、誰よりも知っている。出世のためならば、どのような非道も平気でやってのける。それが目付であった。

目付は、江戸の町の治安に穴が開くなど気にせず、与力、同心を捕縛し、咎める。

「だが、それは町奉行所の崩壊に繋がる」

自浄できず、他を頼った段階で、町奉行所は目付の管轄になってしまう。なにより、配下を従わせることさえできない無能者という烙印《らくいん》を曲淵甲斐守は押されてしまう。

「なんとかして町奉行所のなかでことをすまさなければならぬ」

曲淵甲斐守は真剣に悩んだ。

「……一罰百戒でいくか」

しばらくして曲淵甲斐守が呟いた。

「かといって余は町奉行としての役目で、雑事にかかずらっている暇はない」

町奉行は政をおこなうのが仕事である。火事に対する火除け地選定一つをとっても、場所選びから、地主との交渉、住民の立ち退き、代替え地の用意、既存の建物の撤去、普請のための規制、費用でかかわる勘定方、取り壊しの人足を差配する普請奉行など各所との打ち合わせと、やることは山ほどある。そして、そのすべてに書付が付いて回るのだ。

「誰かにさせねばならぬが……」

ふたたび曲淵甲斐守が思案に入った。

「町方から選ぶことは難しいな。町方は代々の通婚で皆一族になっている」

不浄職と言われる町方と縁を結びたがる旗本、御家人はまずいなかった。牢屋奉行を世襲する石出家も六百石の旗本でありながら、良縁は望めず、そのほとんどが町奉行所の与力と血を交えるしかなかった。

「信用できぬ」

密命を与えた者が、裏で寝返っては、なるものもならなくなる。

「となれば、吾が家臣どもにさせるしかないが……」

曲淵甲斐守は家臣数人の顔を思い浮かべた。

「城見桂右衛門は駄目だ。曲淵家の内政を任せてある」

町奉行は激務であり、曲淵甲斐守は、領地のことにかまっている余裕はない。用人である城見桂右衛門は、曲淵甲斐守の代理として、領地内の政を担っている。そこにさらなる負担はさせられなかった。

「町奉行所へ出入りできなければ意味がない」

いかに北町奉行とはいえ、家臣は陪臣でしかなく、町奉行役宅には入れても、奉行所のなかへは許可なく足を踏み入れられない。

「となると内与力のなかから選ぶしかないな」

曲淵甲斐守が、唇を固くした。

「亨だな」

小さな声で曲淵甲斐守が言った。

「大坂での経験がある亨にさせるか。いや、亨しかおるまい。商人どもに取りこまれず、町方にも妥協せぬ。若いだけに己の保身など考えぬ」

曲淵甲斐守が続けた。

「だが、これをさせれば亨は町方から浮く」

十年先の腹心として、曲淵甲斐守は亨を育てるつもりで内与力にした。内与力として修業を積ませ、曲淵甲斐守が町奉行として任にある間を支えてもらうつもりでいた。しかし、町奉行所の改革を担当させれば、町方与力、同心からの反発を受ける。まちがいなく、亨を通じての協力は受けられなくなる。

「やむをえぬ。改革が終われば、亨を代官にでもして、江戸から離せばよかろう。家臣は主のためにあり、内与力は奉行のためにある」

曲淵甲斐守が述べた。

この作品は書き下ろしです。

上田秀人「妾屋昼兵衛女帳面」シリーズ

第一巻 側室顚末

世継ぎなきはお家断絶。苛烈な幕法の存在は、妾屋なる稼業を生んだ。だが相続には陰謀と権力闘争がつきまとう。ゆえに妾屋は命の危機にさらされる。妾屋昼兵衛、大月新左衛門の死闘が始まった！

第二巻 拝領品次第

神君家康からの拝領品を狙った盗難事件が江戸で多発。裏には、将軍家斉の鬱屈に絡んだ陰謀が。嗤う妾と、仕掛ける黒幕。否応なく巻き込まれた昼兵衛と新左衛門は危難を振り払うことができるか？

第三巻 旦那背信

妾を巡る騒動で老中松平家と対立した昼兵衛は、新左衛門に用心棒を依頼する。その背後には、ある企みを持って二人を注視する黒幕の存在が。幕政の闇にのみ込まれた二人に、逃れる術はないのか？

第四巻 女城暗闘

将軍家斉の子を殺めたのは誰だ？　一体何のために？　それを探るべく、仙台藩主の元側室・菊川八重が決死の大奥入り。女の欲と嫉妬が渦巻く伏魔殿で八重は隠れた巨悪を炙り出すことができるか？

第五巻 寵姫裏表

大奥騒動、未だ落着せず。大奥で重宝され権力の闇の深みにはまる八重。老獪な林出羽守に搦め捕られていく昼兵衛と新左衛門。内と外で繰り広げられる壮絶な闘いが、ついに炙り出した黒幕は誰だ？

第六巻 遊郭狂奔

妾屋稼業に安息なし。昼兵衛と新左衛門は、八重を妾にせんとした老舗呉服屋の主をやり込めたことで恨みを買った。その執念は、ご免色里吉原にも飛び火。共に女で食う商売、潰し合うのは宿命か？

第七巻 色里攻防

妾屋を支配下に入れて復権を狙う吉原惣名主は悪鬼と化す。その猛攻に、昼兵衛と新左衛門、絶体絶命。八重の機転で林出羽守の後ろ盾を得たが、吉原は想像だにせぬ卑劣な計略を巡らせていた……。

第八巻 閨之陰謀

妾屋が命より大事にする帳面を奪わんとする輩が現れた。そこに書かれているのは、金と力を持つ男たちの情報。悪用すれば弱みにもなる。敵の狙いは一体？　その正体は？　妾屋昼兵衛最後の激闘！

好評発売中！

町奉行《まちぶぎょう》内与力《うちよりき》奮闘記《ふんとうき》一

立身《りっしん》の陰《かげ》

上田秀人《うえだひでと》

平成27年9月15日　初版発行

発行人――石原正康
編集人――袖山満一子
発行所――株式会社幻冬舎
〒151-0051東京都渋谷区千駄ヶ谷4-9-7
電話　03(5411)6222(営業)
　　　03(5411)6211(編集)
振替00120-8-767643
印刷・製本―株式会社 光邦
装丁者――高橋雅之

幻冬舎時代小説文庫

ISBN978-4-344-42386-2　C0193　う-8-10

幻冬舎ホームページアドレス　http://www.gentosha.co.jp/
この本に関するご意見・ご感想をメールでお寄せいただく場合は、
comment@gentosha.co.jpまで。